www.locuspublishing.com

掃描 QRcode

聆聽葉嘉瑩教授吟誦、講解全書詩詞

給孩子的古詩詞

葉嘉瑩——編著

目錄

序

我是一位九十多歲的老人，從小就喜歡讀詩、背詩，從事古典詩詞的教學工作也已經七十年了。這本不是出於追求學問知識的用心，而是出於古典詩詞中所蘊含的一種感發生命對我的感動和召喚。在這一份感發生命中，蓄積了古代偉大之詩人的所有心靈、智慧、品格、襟抱和修養。所以中國傳統一直有「詩教」之說。

其實我的一生經歷了很多苦難和不幸，但是在外人看來，我卻一直保持著樂觀、平靜的態度，這與我熱愛古典詩詞實在有很大的關係。現在有一些青年人竟因為被一時短淺的功利和物欲所蒙蔽，而不再能認識詩詞可以提升人之心靈品質的功能，這自然是一件極為遺憾的事。如何將這遺憾的事加以彌補，這原是我多年來的一大願望，也是我決意回國教書，而且在講授詩詞時特別重視詩歌中感發之作用的一個主要的原因。

這本《給孩子的古詩詞》，共收錄作品二一八首，其中包括一七七首詩和四十一首詞，唯一的編選原則就是要適合孩子閱讀的興趣和能力。對於只以刻畫工巧取勝者不予選錄，超出孩子認知水準者亦不選錄，所選諸詩對時代、作家、體裁等數量之比例也沒有限制。我因為年老事忙往往精力不濟，感謝張靜，她為此書傾注了大量的心力。

曾有人問我：中國古典詩詞會滅亡嗎？我以為不會。中國古人作詩，是帶著身世經歷、生活體驗，融入自己的理想志意而寫的；他們把自己內心的感動寫了出來，千百年後再讀其作品，我們依然能夠體會到同樣的感動，這就是中國古典詩詞的生命。所以說，中國古典詩詞絕對不會滅亡。因為，只要是有感覺、有感情、有修養的人，就一定能夠讀出詩詞中所蘊含的真誠的、充滿興發感動之力的生命，這種生命是生生不已的。

迦陵

二〇一五年八月三十一日淩晨

於溫哥華家中

給孩子的古詩詞

詩

導言

當前我們的國語有四個聲調：一聲、二聲、三聲、四聲。比如我們說ㄏㄠ這個聲音，第一聲念「蒿」，第二聲念「豪」，第三聲念「好」，第四聲念「耗」。大家注意到這四個聲調在念讀時有什麼不同了嗎？原來第一和第二兩個聲調，讀起來都比較平緩，可以拖長；第三聲的聲調讀起來好像中間拐了個彎，有一個轉折，不大容易拖長；而第四聲的聲調讀起來則好像是一直向下沉下去的感覺，也不大容易拖長。於是我們聰明的祖先就將這四個聲調分成了兩組：一聲、二聲為「平聲」，三聲、四聲為「仄聲」。

在中國悠久的歷史中，很多古代的讀音，跟現在所讀的聲音已經不完全一樣了。

中國古代有些字是入聲字，也屬於仄聲。入聲字是指在字尾有p、t、k的收尾，現在的國語已沒有這個發音，有時就把入聲字改讀成平聲了。我們在讀誦或吟詠時，就會有不合聲調的情形。因此當我們誦讀或吟詠古詩時，若遇到了被國語讀為平聲的入聲字時，一定要特別注意，不要把它們讀為平聲，而要把它們儘量讀作仄聲，這樣才合乎我們古詩的聲調。

「平上去入」四聲包括很多個韻。每個韻都有一個標目，比如一東、二冬、三江、四支……其中，東韻指的是「東」、「紅」、「中」等字，都在一個韻，這一部韻裡的第一個字是「東」。一首詩所押的韻如果是平聲，就稱之為平聲韻。

中國地理面積廣大，每一個省市常常都有本地的方言，而在過去的科舉考試制度中，考中了的士子都要到北京做官，各地方的人南腔北調，不易溝通，因此形成了一種方便人們交流的普通話（Mandarin），即官話。

但是，古代的詩人發現，我們如果把一句詩的每個字都寫成相同的一個聲調，像「西溪雞齊啼」、「後牖有朽柳」，這樣讀起來既不順口又不好聽。於是他們就自然而然地想到了要把平聲和仄聲間隔著來配合運用，那樣才會好聽。所以中國的古詩在聲音上是有格律的：平平仄仄、仄仄平平。如果用現在的國語發音來讀，有些格律便不對了。不按照古人的聲律讀，就破壞了整首詩美感的特質，而且用國語讀，讀來讀去依然是不會作詩的，一定要按照詩歌的格律來背誦、吟唱，才能夠真正掌握詩歌的情意，伴隨的聲音，結合出來的那一份感動。所以要是讀中國的舊詩，就不能平板地讀，而是要按照舊詩的平仄讀，而且要學會吟誦，當吟誦得很多很熟的時候，出口就是合乎平仄的句子，很容易就學會了作詩。這些都是讀古代詩詞時需要注意的。

詩經・秦風・蒹葭

蒹葭蒼蒼，
白露為霜。
所謂伊人，
在水一方，
溯洄從之，
道阻且長。
溯游從之，
宛在水中央。

蒹葭萋萋，
白露未晞。
所謂伊人，
在水之湄。
溯洄從之，
道阻且躋。
溯游從之，
宛在水中坻。

蒹葭采采，
白露未已。
所謂伊人，
在水之涘。
溯洄從之，
道阻且右。
溯游從之，
宛在水中沚。

《詩經》是中國最早的一部詩歌總集，收錄了西元前十一世紀至前六世紀的詩歌三〇五首，作者佚名。

《詩經》一般以四個字為一句，是二二的節奏，這是因為中國的語言是方塊單音字，習慣以兩個字為一個音節，比如把「桌」、「椅」說成「桌子」、「椅子」。

古詩十九首
迢迢牽牛星

迢迢牽牛星，皎皎河漢女。
纖纖擢素手，札札弄機杼。
終日不成章，泣涕零如雨。
河漢清且淺，相去復幾許？
盈盈一水間，脈脈不得語。

《古詩十九首》為南朝蕭統從傳世無名氏《古詩》中選錄十九首編入《昭明文選》而成。

《古詩十九首》的創作年代在漢朝，這時，詩句從四個字變成五個字了。這是因為，如果總是以四個字為一句，節奏就成了二二二二，比較死板，於是，中國詩歌的體裁就從二二的節奏發展成了二三的節奏，中間有了一個小小的變化。《古詩十九首》流傳下來，作者是誰一直眾說紛紜，《昭明文選》中就沒有寫作者的名字，只知道是創作於東漢末年並流傳眾口的十九首五言詩。

敕勒歌

敕勒川，陰山下。
天似穹廬，籠蓋四野。
天蒼蒼，野茫茫，
風吹草低見牛羊。

《敕勒歌》是一首漢樂府詩，樂府詩是民間流傳的詩歌，而《敕勒歌》是中國北方民族流傳的民間詩歌，它的體裁是長短句，而不是很整齊的五個字一句。敕勒是一條水的名字。

四言詩有四言詩吟誦的方法，五言詩有五言詩吟誦的方法，像這種長短不整齊的樂府詩也有它的吟誦方法。有時詩的吟誦是可以重疊的，像王維的《渭城曲》，就有「渭城三疊」（即陽關三疊），吟誦一首詩時，覺得它有一個情意還沒有終了，所以可以重疊。「陰山下」的「下」，在這裡不念ㄒㄧㄚˋ，念上聲，ㄒㄧㄚˇ，是詩韻裡的馬韻。「籠蓋四野」的「野」，不念ㄧㄝˇ，念ㄧㄚˇ，也是上聲馬韻。「風吹草低見牛羊」的「見」，念ㄒㄧㄢˋ。

陶淵明

飲酒二十首【其四】

棲棲失群鳥，日暮猶獨飛。
徘徊無定止，夜夜聲轉悲。
厲響思清遠，去來何依依。
因值孤生松，斂翮遙來歸。
勁風無榮木，此蔭獨不衰。
托身已得所，千載不相違。

陶淵明（三五二或三六四—四二七），字元亮，又名潛，私諡「靖節」，自號五柳先生，晉、宋間詩人、散文家。

陶淵明寫的《飲酒》詩一共有二十首，這是其中第四首。陶淵明生在東晉那樣一個危亂的時代，他的內心有很多悲哀和感慨，不能夠明白地說出來，於是寫了二十首飲酒詩。詩的題目叫「飲酒」，但詩裡所寫並不是飲酒的事，而是他在飲酒的時候，心裡的一些思想、一些感情。

陶淵明

飲酒二十首【其五】

結廬在人境，而無車馬喧。
問君何能爾？心遠地自偏。
採菊東籬下，悠然見南山。
山氣日夕佳，飛鳥相與還。
此中有真意，欲辯已忘言。

這首詩裡有幾個字要注意：

「車馬」，要念「ㄐㄩ馬」。ㄔㄜ是俗音，「自行車」、「電車」、「汽車」的「車」念ㄔㄜ。古人沒有「車」（ㄔㄜ）的讀音，古人的「車」字只有兩個讀音：一個是ㄐㄩ，押魚韻；另一個是ㄔㄚ，在詩裡押麻韻。

「飛鳥相與還」的「還」，好像讀ㄏㄨㄢˊ，其實念ㄒㄩㄢˊ。中國字有時候不止一個讀音，不同的讀音有不同的意思。還，念ㄏㄨㄢˊ時是「還家」的意思，念ㄒㄩㄢˊ時是在空中飛翔的樣子，所以這裡應該要念ㄒㄩㄢˊ。

「欲辯已忘言」的「忘」，這裡不念第四聲ㄨㄤˋ，而是平聲的讀音，當做動詞，念ㄨㄤˊ。

陸凱

贈范曄

折梅逢驛使，
寄與隴頭人。
江南無所有，
聊贈一枝春。

陸凱（？—約五〇四），鮮卑族，字智君，南北朝詩人。

這是一首很簡單的五言絕句。五言絕句是四句，有幾種不同的情況。有的是古體，是不講求平仄的；有的是律體，是有平仄的；有的則是樂府詩。這首詩是一首古體詩，所以沒有平仄的講究。

山中

王勃

長江悲已滯，
萬里念將歸。
況屬高風晚，
山山黃葉飛。

王勃（約六五〇—約六七六），字子安，唐代詩人、散文家。

這是一首律體的五言絕句四句，要講求平仄。

送杜少府之任蜀州

王勃

城闕輔三秦，
風煙望五津。
與君離別意，
同是宦遊人。
海內存知己，
天涯若比鄰。
無為在歧路，
兒女共沾巾。

這首詩是八句五言的律詩。五言律詩中，第三句跟第四句是應該對句的，第五句跟第六句也是應該對句的，也就是說，五言律詩除了有平仄的聲調的講求，另外還有對偶的講求，這是我們中國語言文字的特色，只有我們中國的語言文字有對偶，別的國族的語言文字是沒有對偶的。因為在中文裡，「天」是一個字，「地」是一個字；「花」是一個字，「草」也是一個字——都是獨體、單音才可以對。換作英文，flowers（花）的音節很長，而 moon（月亮）卻只有很短的一個音節，所以不能對起來。

對偶是中國語言的特色，也成為了中國詩歌的特色，因此律詩中才有對句。這首五言律詩，甚至從開頭兩句就有對偶：「三秦」對「五津」。

宋之問

渡漢江

嶺外音書斷，
經冬復歷春。
近鄉情更怯，
不敢問來人。

宋之問（約六五六—約七一二），字延清，名少連，唐代詩人。

回鄉偶書【其一】

賀知章

少小離家老大回，
鄉音無改鬢毛衰。
兒童相見不相識，
笑問客從何處來。

賀知章（六五九—七四四），字季真，晚年自號四明狂客，唐代詩人、書法家。

「鄉音無改鬢毛衰」的「衰」，念ㄘㄨㄟ。

登幽州台歌

陳子昂

前不見古人，
後不見來者。
念天地之悠悠，
獨愴然而涕下。

陳子昂（六六一—七〇二），字伯玉，唐代詩人。

這首詩在唐詩裡是很重要的一首詩，作者陳子昂也是在唐朝詩歌發展上地位很重要的一個人。

唐朝的詩歌本是延續著南北朝、宋、齊、梁、陳、隋而來的。中國詩歌在南北朝時期，主要是宮廷裡的創作，只注重外表文采的美麗。初唐時的詩歌就承繼了這個風氣。不過，那時初唐律詩的體裁也開始正式形成了。本來，中國古詩沒有平仄的格律。南北朝時有不少帝王，像梁武帝，捨身同泰寺，信奉佛教，翻譯了很多佛經。佛經裡都有唱誦，還有一些佛經念誦的偈語，當時都沒有按照它的意思去翻譯，而是直接照它的聲音去念。所以，最早翻譯的佛經，重視音譯。這就有了四聲音調的講求。初唐時期，包括沈佺期、宋之問，以及杜甫的祖父杜審言在內的詩人，都開始創作五言律詩，對仗平仄很工整，雖然內容仍較空泛。

到了陳子昂，按一般說法，他開啟了一種復古的風氣。他曾給當時的一個叫東方虬的人寫過一篇〈修竹篇序〉，他說，自從六朝以來，「興寄都絕」，是說古詩講究比興，講究有寄託、有內容，可是南北朝以來，卻是「彩麗競繁」，文字華彩美麗，而內容就很空洞了。

其實陳子昂最有名的是寫了一系列的《感遇詩》，其中有「遲遲白日晚，嫋嫋秋風生。歲華盡搖落，芳意竟何成」這樣的詩句。他講究詩中有含義，有寄託。《感遇詩》是五言的古體詩，很整齊。

而《登幽州台歌》在中國詩歌的發展史中則是很特殊的一首詩，因為它完全不屬於任何固定的體式，是作者登臨弔古，看到當前的景物，脫口而出，非常直接的一種興發感動。

不同的詩人有不同的感情，也就有不同的興發感動。陳子昂在政治上是有理想的，可是他所生的時代是武則天的時代。武則天作為女皇，在中國傳統裡是一種很特殊的情況。《尚書．牧誓》記載，周武王伐紂，在牧野宣誓，他的軍隊要出發革命了。其中有「牝雞司晨，惟家之索」的句子。牝雞是母雞，按理說公雞管報曉打鳴，母雞只管生蛋，如果母雞去報曉了就是不正

常的現象。所以，傳統看來，女性做了皇帝當然也是不正常的現象。然而，一個人的生命是短促的，武則天作為皇帝，事實上並不比其他男性皇帝更壞，所以像陳子昂這樣希望為國家、朝廷做事的人，在武則天的時代也出來工作了。但是，武則天任用了許多武氏的人，有一次，陳子昂帶兵出去，結果和武氏家族不合，後來就被貶謫，受了很多苦難。

幽州台就是李商隱在詩中說的「燕台」。古代的燕國在河北幽州這個地方，燕昭王要訪求天下的賢士，築了一個高台，說以黃金來聘請招邀天下的才士，因而也叫黃金台。陳子昂登到幽州台上，就想到，要遇到真正欣賞、任用人才的人，才能真的實現理想和抱負，所以就有了「前不見古人，後不見來者」的感慨：人生在世不過數十寒暑，我也嚮往古人，我也希望能有古人的品性和事業，可是「前不見古人，後不見來者」啊！一切有理想、有才華、有抱負的人常常都有這種寂寞的感慨。杜甫說到宋玉：「悵望千秋一灑淚，蕭條異代不同時。」（《詠懷古跡》）辛稼軒說：「不恨古人吾不見，恨古人不見吾狂耳。」（《賀新郎》）司馬遷的〈太史公自序〉說要將作品「藏之名山，傳之其人」，將來會有人讀。一個人若真有跟一般人不同的理想和志意，他便一定希望能找到一個理解他、跟他有共鳴的人，可當他站在幽州台上，他卻不知去哪裡找——我嚮往那些古聖先賢，但「前不見古人」；我希望我的理想志意，將來有人理解，但「後不見來者」。

一個真正有理想、有志意的人會以一生的

時間去持守，且不說理想會否實現，因為理想的實現有外在的因緣，但個人的持守是能夠自己把握的。然而，當他用最艱苦卓絕的精神力量去持守住自己的志意和理想時，卻「前不見古人，後不見來者」。

「念天地之悠悠」，茫茫的宇宙，悠悠的萬古，你在這個宇宙中，如此短暫的生命，到底能夠留下些什麼？有沒有一個可以跟你相知共鳴的人呢？

一個有理想、有志意的人，這樣孤獨，不知道千古之下有沒有人真的能夠理解他，真的跟他有共鳴。可是對讀者而言，在讀杜甫的詩、讀司馬遷的〈太史公自序〉時，千古之下不是產生了共鳴嗎？杜甫不在了，司馬遷也不在了，但是他們留下了詩歌、文學。文學之所以了不起，是因為其中的生命、感情、理想、志意，千古而下，只要你是一個也有感覺的人，你就能感受到。中國古人說有「三不朽」：「太上有立德，其次有立功，其次有立言。」（《左傳》）一個人的生命在他的作品中留了下來，並不是沒人知道。之所以現在讀古人的詩文仍會感動，便在於它有自己感發的生命。而當時的人並不知道，千載之下有人讀了他的作品會感動，所以「前不見古人，後不見來者，念天地之悠悠，獨愴然而涕下」。

這首詩的體裁不一般，它的讀音也要注意，音調尤其奇怪。「後不見來者」的「者」，念ㄓㄚˇ，「獨愴然而涕下」的「下」念ㄒㄧㄚˇ，在詩韻裡都押上聲馬韻。這樣念有一種更為沉重的感覺。

山中留客

張旭

山光物態弄春暉，
莫為輕陰便擬歸。
縱使晴明無雨色，
入雲深處亦沾衣。

張旭（六七五—約七五〇），字伯高，一字季明，唐代詩人、書法家。

杜甫在《飲中八仙歌》裡提到過張旭的草書。和杜甫同時代的朋友中，有好幾個人都很喜歡飲酒，而且也都很有才華，於是杜甫就寫了《飲中八仙歌》這首詩。「歌」的體裁沒有嚴格的格律，不像律詩、絕句這樣有嚴格的限制，這一首詩不是隔一句押韻，而是整首詩通篇都押韻。《飲中八仙歌》寫八個喜歡喝酒並很有才華的人，有的人用兩句寫，有的人用三句，有的人用四句，但每句都押平聲韻。寫李白：「李白斗酒詩百篇，長安市上酒家眠，天子呼來不上船，自稱臣是酒中仙。」寫張旭：

33　山中留客

「張旭三杯草聖傳，脫帽露頂王公前，揮毫落紙如雲煙。」就是說，張旭喝了三杯酒，不管有什麼高官貴人在座，他一喝酒就不顧形跡，脫帽露頂。藝術家有時有了靈感，需要稍微擺脫理性的約束，才能夠更好地發揮他的天才。所以很多藝術家都比較狂放。張旭寫草書，而且跟有名的書法家王羲之的〈蘭亭集序〉還不一樣，王羲之寫的是行草，而張旭是狂草、大草，若去看他留下來的墨跡，那真是龍飛鳳舞。

可是，從這首詩裡看不到張旭的狂放，他只是寫「山中留客」。

「山光物態弄春暉」，當春天來的時候，隨著雲影的流動、陽光的閃耀，山光物態有各種變化，出現各種景致。「莫為輕陰便擬歸」，現在天有一點陰，怕要下雨了，但你不要被它所約束、所影響。辛棄疾說：「莫避春陰上馬遲，春來未有不陰時。」（《鷓鴣天》）不要因為天氣一變，你就不肯出門了。「縱使晴明無雨色，入雲深處亦沾衣。」縱然你以為今天天氣很好，是不會下雨的，可是你不知道的是，如果真走到那山林最高深的地方，那裡也還會有草木所生出的雲煙霧氣，把你的衣服打濕。所以不要怕陰天下雨會淋濕你的衣服。

這裡說的是天氣的陰晴，人生也有陰晴，而蘇東坡就看破了這個陰晴，不管是陰是晴，我「回首向來蕭瑟處，也無風雨也無晴。」（《定風波》）

感遇

張九齡

蘭葉春葳蕤，桂華秋皎潔。
欣欣此生意，自爾為佳節。
誰知林棲者，聞風坐相悅。
草木有本心，何求美人折！

張九齡（六七八—七四〇），字子壽，一名博物，唐代詩人、名相。

「自爾為佳節」的「節」、「何求美人折」的「折」都是入聲字。

望月懷遠

張九齡

海上生明月，天涯共此時。
情人怨遙夜，竟夕起相思。
滅燭憐光滿，披衣覺露滋。
不堪盈手贈，還寢夢佳期。

這首詩是寫一個人望月懷遠。

「竟夕起相思」的「夕」、「滅燭憐光滿」的「燭」、「披衣覺露滋」的「覺」都是入聲。

王之渙

涼州詞

黃河遠上白雲間，
一片孤城萬仞山。
羌笛何須怨楊柳，
春風不度玉門關。

王之渙（六八八—七四二），字季凌，唐代詩人。

這是一首七言絕句。

「黃河遠上白雲間」的「白」、「羌笛何須怨楊柳」的「笛」字是入聲字。

登鸛雀樓

王之渙

白日依山盡，
黃河入海流。
欲窮千里目，
更上一層樓。

「白日依山盡，黃河入海流」：這邊是白日的西沉，在西方那麼遙遠的天際；那邊是江河的東下，河流奔騰到海。這首詩展現的視野這樣廣闊，但這首詩真正的好處是在「欲窮千里目，更上一層樓」：不要以為現在已經看得夠高夠遠，要想看得更高更遠，還要登上一層樓。這裡含有一種勉勵的意思，是用景色來啟示人。

「白日依山盡」的「白」字是入聲字，不念ㄅㄞˊ。當然有時不講究，就把它念成ㄅㄞˊ了。這是因為中國的古詩每一句都有一個聲調，在抑揚起伏時，有一個停頓的頓挫。第一個字不在節奏的停頓處，因此它的平仄不是聲律的重點。一句詩的第二個字、第四個字、第六個字才是重點，一定要根據平仄念。

春曉

孟浩然

春眠不覺曉，
處處聞啼鳥。
夜來風雨聲，
花落知多少。

孟浩然（六八九—七四〇），本名浩，字浩然，號孟山人，唐代詩人。

「春眠不覺曉」的「覺」是入聲字。

宿建德江

孟浩然

移舟泊煙渚，
日暮客愁新。
野曠天低樹，
江清月近人。

這是一首絕句，絕句本不需要對句，但這首詩裡有兩個對句：「野曠天低樹，江清月近人。」「野」是個名詞，「曠」是個形容詞；「江」是個名詞，「清」是個形容詞。「天低樹」，是說在遠方的天空下，樹就變得很矮了；「月近人」，說的是清澈的江水使天上的月亮彷彿離人很近。所以「天低樹」、「月近人」也是對偶的。

41　宿建德江

過故人莊

孟浩然

故人具雞黍，邀我至田家。
綠樹村邊合，青山郭外斜。
開軒面場圃，把酒話桑麻。
待到重陽日，還來就菊花。

「綠樹村邊合」的「合」字、「還來就菊花」的「菊」字，都是入聲字。

「青山郭外斜」的「斜」念ㄒㄧㄚˊ，押麻韻。

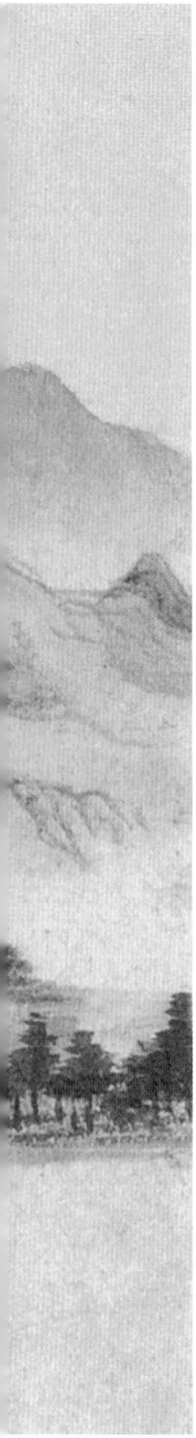

43　過故人莊

王翰

涼州詞【其一】

葡萄美酒夜光杯，
欲飲琵琶馬上催。
醉臥沙場君莫笑，
古來征戰幾人回？

王翰（生卒年不詳），字子羽，唐代詩人。
「醉臥沙場君莫笑」的「場」是平聲字，不念ㄔㄤˇ，念ㄔㄤˊ。

出塞【其一】

王昌齡

秦時明月漢時關，
萬里長征人未還。
但使龍城飛將在，
不教胡馬度陰山。

王昌齡（約六九八—七五六），字少伯，唐代詩人。

「不教胡馬度陰山」的「教」念ㄐㄧㄠ，平聲的時候作動詞用。教育、施教、禮教的「教」是名詞，念ㄐㄧㄠˋ。

王昌齡

從軍行【其四】

青海長雲暗雪山，
孤城遙望玉門關。
黃沙百戰穿金甲，
不破樓蘭終不還！

「黃沙百戰穿金甲」的「百」是入聲字，ㄅㄞˇ是俗音。

王昌齡

芙蓉樓送辛漸

寒雨連江夜入吳，
平明送客楚山孤。
洛陽親友如相問，
一片冰心在玉壺。

山中送別

王維

山中相送罷，
日暮掩柴扉。
春草明年綠，
王孫歸不歸？

王維（約七〇一—七六一），字摩詰，世稱王右丞，唐代詩人、畫家。

雜詩三首【其二】

王維

君自故鄉來，
應知故鄉事。
來日綺窗前，
寒梅著花未？

鳥鳴澗

王維

人閑桂花落，
夜靜春山空。
月出驚山鳥，
時鳴春澗中。

王維寫了很多首四句的五言絕句，而且都是寫眼前景物的，比較容易體會瞭解。

「月出驚山鳥」的「出」是入聲字。

竹里館

王維

獨坐幽篁裡，
彈琴復長嘯。
深林人不知，
明月來相照。

送元二使安西

王維

渭城朝雨浥輕塵，
客舍青青柳色新。
勸君更盡一杯酒，
西出陽關無故人。

「西出陽關無故人」的「出」是入聲字。

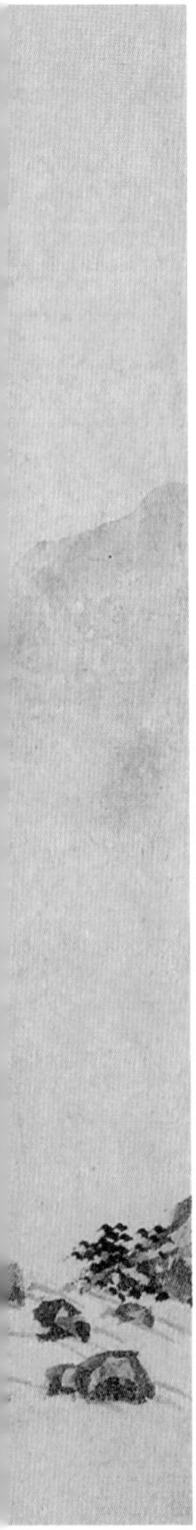

53　送元二使安西

九月九日憶山東兄弟

王維

獨在異鄉為異客，
每逢佳節倍思親。
遙知兄弟登高處，
遍插茱萸少一人。

「獨在異鄉為異客」的「獨」是入聲字，但它是第一個字，平仄不重要，中國詩節奏的重點在第二、第四、第六個字，所以把它念成ㄉㄨˊ也可以。

「每逢佳節倍思親」的「節」、「遍插茱萸少一人」的「插」都是入聲字，就一定要按仄聲念。

使至塞上

王維

單車欲問邊，屬國過居延。
征蓬出漢塞，歸雁入胡天。
大漠孤煙直，長河落日圓。
蕭關逢候騎，都護在燕然。

「單車欲問邊」的「車」，念ㄐㄩ。

「大漠孤煙直」的「直」是入聲字。

「蕭關逢候騎」的「騎」，做動詞時念ㄑㄧˊ，如「騎（ㄑㄧˊ）馬」；這裡是名詞，指一個騎馬的人，「候騎」就是在前面防衛、打聽消息的騎馬的人，所以念ㄐㄧˋ。

裴迪

華子岡

日落松風起，
還家草露晞。
雲光侵履跡，
山翠拂人衣。

裴迪（生卒年不詳），唐代詩人。

裴迪是王維的好朋友，所以他作詩的風格跟王維《輞川絕句》的風格是比較接近的。這首詩雖然也是短短的四句小詩，可是它有一種對偶的意思，比如「松風起」跟「草露晞」就是對偶，後面的「雲光侵履跡，山翠拂人衣」也是對偶。

靜夜思

李白

床前明月光，
疑似地上霜。
舉頭望明月，
低頭思故鄉。

李白（七〇一—七六二），字太白，號青蓮居士，又號「謫仙人」，唐代詩人。

李白有很多長詩，例如長篇的歌行之類，但此處選的都是比較簡單、寫大自然景色的，小朋友容易接受、理解。

獨坐敬亭山

李白

眾鳥高飛盡，
孤雲獨去閑。
相看兩不厭，
只有敬亭山。

「孤雲獨去閑」的「獨」是入聲字。
「相看兩不厭」的「看」字在這裡不念ㄎㄢˋ，念ㄎㄢ。

夜宿山寺

李白

危樓高百尺，
手可摘星辰。
不敢高聲語，
恐驚天上人。

「危樓高百尺」的「百」、「手可摘星辰」的「摘」都是入聲字。

李白

聞王昌齡左遷龍標遙有此寄

楊花落盡子規啼，
聞道龍標過五溪。
我寄愁心與明月，
隨風直到夜郎西。

望廬山瀑布

李白

日照香爐生紫煙，
遙看瀑布掛前川。
飛流直下三千尺，
疑是銀河落九天。

「遙看瀑布掛前川」的「看」念ㄎㄢ。

李白

春夜洛城聞笛

誰家玉笛暗飛聲，
散入春風滿洛城。
此夜曲中聞折柳，
何人不起故園情。

「誰家玉笛暗飛聲」的「笛」、「此夜曲中聞折柳」的「折」都是入聲字。

贈汪倫

李白

李白乘舟將欲行，
忽聞岸上踏歌聲。
桃花潭水深千尺，
不及汪倫送我情。

「李白乘舟將欲行」的「白」是入聲字，不念ㄅㄞˊ。

黃鶴樓送孟浩然之廣陵

李白

故人西辭黃鶴樓，
煙花三月下揚州。
孤帆遠影碧空盡，
唯見長江天際流。

李白

早發白帝城

朝辭白帝彩雲間，
千里江陵一日還。
兩岸猿聲啼不住，
輕舟已過萬重山。

「朝辭白帝彩雲間」的「白」是入聲字。

望天門山

李白

天門中斷楚江開，
碧水東流至此回。
兩岸青山相對出，
孤帆一片日邊來。

「兩岸青山相對出」的「出」是入聲字。

峨眉山月歌

李白

峨眉山月半輪秋，
影入平羌江水流。
夜發清溪向三峽，
思君不見下渝州。

「夜發清溪向三峽」的「發」和「峽」都是入聲字。

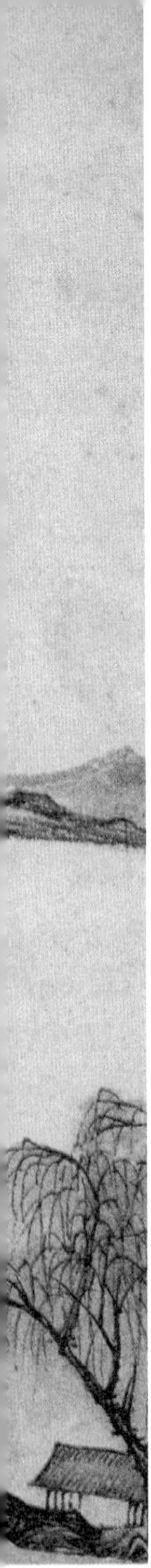

71　峨眉山月歌

黃鶴樓聞笛

李白

一為遷客去長沙，
西望長安不見家。
黃鶴樓中吹玉笛，
江城五月落梅花。

「黃鶴樓中吹玉笛」的「笛」是入聲字。

山中問答

李白

問余何事棲碧山，
笑而不答心自閑。
桃花流水杳然去，
別有天地非人間。

「笑而不答心自閑」的「答」是入聲字。

送友人

李白

青山橫北郭，白水繞東城。
此地一為別，孤蓬萬里征。
浮雲遊子意，落日故人情。
揮手自茲去，蕭蕭班馬鳴。

這是一首五言律詩。

「青山橫北郭」的「郭」字是入聲字。

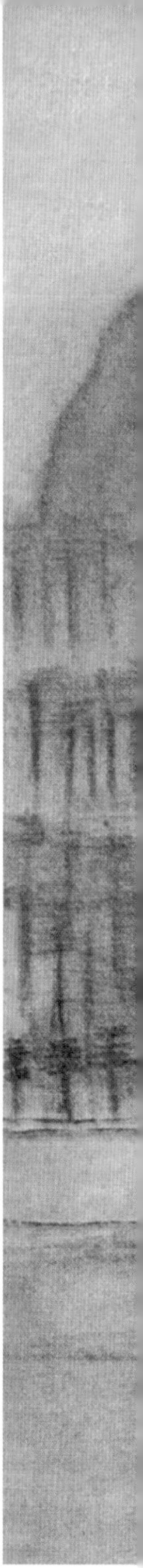

關山月

李白

明月出天山，蒼茫雲海間。
長風幾萬里，吹度玉門關。
漢下白登道，胡窺青海灣。
由來征戰地，不見有人還。
戍客望邊邑，思歸多苦顏。
高樓當此夜，歎息未應閑。

「明月出天山」的「出」、「漢下白登道」的「白」、「歎息未應閑」的「息」都是入聲字。

月下獨酌

李白

花間一壺酒，獨酌無相親。
舉杯邀明月，對影成三人。
月既不解飲，影徒隨我身。
暫伴月將影，行樂須及春。
我歌月徘徊，我舞影零亂。
醒時同交歡，醉後各分散。
永結無情遊，相期邈雲漢。

這是一首五言古詩。吟誦時有幾段轉折，體現了感情的轉折。

「獨酌無相親」的「酌」是入聲字。

長干行二首【其一】

李白

妾髮初覆額，折花門前劇。
郎騎竹馬來，繞床弄青梅。
同居長干里，兩小無嫌猜。
十四為君婦，羞顏未嘗開。
低頭向暗壁，千喚不一回。
十五始展眉，願同塵與灰。
常存抱柱信，豈上望夫台。
十六君遠行，瞿塘灩澦堆。

五月不可觸，猿聲天上哀。
門前送行跡，一一生綠苔。
苔深不能掃，落葉秋風早。
八月蝴蝶黃，雙飛西園草。
感此傷妾心，坐愁紅顏老。
早晚下三巴，預將書報家。
相迎不道遠，直至長風沙。

相較於《月下獨酌》的抒情，這首五言古詩《長干行》是敘事性的，講了一個長江邊上兩小無猜的愛情故事，中間隨著情節的變化，在押韻上也有一些轉變。

其中最應該注意的是開頭的兩句：「妾髮初覆額，折花門前劇。」整首詩隨著故事情節的轉折，換了幾次韻。從第四句開始，「弄青梅」、「無嫌猜」、「未嘗開」、「不一回」、「塵與灰」、「望夫台」、「灩澦堆」、「天上哀」、「生綠苔」，是一個韻。然後從「苔深不能掃」開始，「秋風早」、「西園草」、「紅顏老」這幾句押的是一個韻。最後四句又換了，「下三巴」、「書報家」、「長風沙」是一個韻。但是頭兩句，「妾髮初覆額，折花門前劇」，好像完全不押韻。其實「額」、「劇」兩句是押韻的，因為它們都是入聲韻，但用國語念，自然就顯得不押韻了。

崔顥

長干行【其二】

君家何處住？
妾住在橫塘。
停船暫借問，
或恐是同鄉。

崔顥（？—七五四），唐代詩人。

這首較李白的《長干行》短。那時很多人都寫同樣的題目，講長江邊上兒女之情的小故事。

黃鶴樓

崔顥

昔人已乘黃鶴去，
此地空餘黃鶴樓。
黃鶴一去不復返，
白雲千載空悠悠。
晴川歷歷漢陽樹，
芳草萋萋鸚鵡洲。
日暮鄉關何處是？
煙波江上使人愁。

這首詩是七言詩，八句。第五句跟第六句「晴川歷歷漢陽樹，芳草萋萋鸚鵡洲」是對偶的，可要說它是律詩，第三句和第四句「黃鶴一去不復返，白雲千載空悠悠」，「黃」、「白」是顏色，「鶴」、「雲」是名詞，「一」、「千」是數目，好像是對了，「不復返」和「空悠悠」卻是完全不對的。這是早期七言律詩的一種現象。因為律詩要完全對起來，是比較困難的，開始的時候沒有那麼嚴格。

「昔人已乘黃鶴去」的「乘」在這裡是平聲，念ㄔㄥˊ，作動詞。如果是一輛車的「一乘」，就念第四聲ㄔㄥˋ。

高適

別董大【其一】

千里黃雲白日曛，
北風吹雁雪紛紛。
莫愁前路無知己，
天下誰人不識君。

高適（約七〇〇—七六五），字達夫、仲武，世稱高常侍，唐代詩人。

唐朝的人喜歡把他的朋友按家裡的排行來稱呼，而且，他們的排行有時候是「大排行」，把叔伯兄弟都排在一起，不只親兄弟。李白人稱「李十二」，他的「大排行」是第十二。這裡的董大在家中排行是老大，所以這樣稱呼他。詩中寫：「莫愁前路無知己，天下誰人不識君。」又可見董大是個有名的人，天下沒有人不認識他。其實，董大是唐朝的一個音樂家，名叫董庭蘭，彈琴彈得很好。音樂家直接用聲音打動人，歌曲、音樂流行起來是很容易的。

「天下何人不識君」的「識」是入聲字。

杜甫

絕句二首【其一】

遲日江山麗，
春風花草香。
泥融飛燕子，
沙暖睡鴛鴦。

杜甫（七一二—七七〇），字子美，自號少陵野老，世稱杜工部，唐代詩人。

杜甫有許多非常好的、有名的、有分量的詩。例如《自京赴奉先縣詠懷五百字》這首長詩，寫天寶之亂的前夕，唐朝朝廷的腐敗，人民的痛苦，寫得非常好，但那樣的詩不適合孩子讀，這本書裡選的是小朋友容易接受和瞭解的杜甫的短詩。

杜甫

絕句二首【其二】

江碧鳥逾白，
山青花欲燃。
今春看又過，
何日是歸年。

這兩首絕句詩是杜甫在四川的時候寫的。這時杜甫離開長安很久了，羈留在四川，於是寫了這兩首懷念故鄉的作品。

李商隱有一首絕句《天涯》：「春日在天涯，天涯日又斜。鶯啼如有淚，為濕最高花。」也是寫身在外地，懷念故鄉。李商隱一生在各地的幕府中做秘書，他跟他的妻子、兒女年年都在分別之中，所以他在詩裡說，春天的時候，我在天涯，一天一天過去，今天的太陽又落山了，我離開家人、妻子又多了一天。這首詩妙在後兩句。「鶯啼如有淚」，啼本是啼叫的意思，但也有啼哭的意思，所以「鶯啼」的「啼」既是啼叫，也是啼哭。「為濕最高花」真是無理之詞，卻是李商隱絕好的一句詩。「濕」字是入聲。這兩句詩的意思是：黃鶯鳥在叫，如果牠會啼哭，一定會啼出淚來，我希望牠把眼淚滴在樹上最高的那朵花上，因為我最悲哀、最憂傷的眼淚，也是我最美麗的感情。同樣是懷鄉，杜甫的詩說得何等明白，這就是李商隱跟杜甫的不同。李商隱之所以跟許多詩人不同，是因為他有豐富的想像，常常說一些用理性不能理解的話，但卻是特別好的詩。這本書沒有選這首《天涯》，因為這是他寫得很悲哀的一首詩，詩裡的感情孩子不能理解，我們選的是一些孩子容易理解的作品，但也無妨將這首「無理」的詩先做一個墊底，說明在李商隱那些說不清楚明白的詩中，同樣有一種說不出來的悲哀和痛苦。

「江碧鳥逾白」的「白」是入聲字，不能念ㄅㄞˊ。因為這是五言詩詩句的第五個字，是平仄的重點所在。詩是有一個聲調的，詩的聲調是詩歌生命的一部分，它的感動興發的力量是伴隨著聲音出來的，所以「白」一般是念ㄅㄞˊ，但在詩裡要讀作入聲。

「今春看又過」的「看」，念ㄎㄢ。

杜甫

絕句四首【其一】

兩個黃鸝鳴翠柳，
一行白鷺上青天。
窗含西嶺千秋雪，
門泊東吳萬里船。

絕句四句詩，原則上是不需要對句的，可是杜甫的這首詩是律體的絕句，所以詩中「兩個黃鸝」、「一行白鷺」；「鳴翠柳」、「上青天」——名詞對名詞，動詞對動詞，顏色對顏色，都對了。「窗含」對「門泊」，「西嶺」對「東吳」，「千秋雪」對「萬里船」。這是一種律體的絕句，絕句本身不要求對偶，但可以用對偶的方式來寫絕句。

「窗含西嶺千秋雪」的「雪」是入聲字。

89　絕句四首【其一】

杜甫

江畔獨步尋花【其六】

黃四娘家花滿蹊，
千朵萬朵壓枝低。
留連戲蝶時時舞，
自在嬌鶯恰恰啼。

這個題目有一組詩，一共七首，這是其中的第六首。

杜甫是一個將格律、平仄運用得非常好的詩人。這首詩的前兩句按照格律本應是：仄仄平平平仄仄，平平仄仄仄平平。可「千朵萬朵壓枝低」是平仄仄仄仄平平，並不合乎格律。所以，真正的大家是不受格律約束的，但他也不是隨便破壞格律，而是在破壞之中，掌握了詩歌的一份感情，在把格律破壞以後，表達了自己更真切的一份感情。杜甫寫《江畔獨步尋花》時在成都，他的年歲已比較大了，所以對於春天的到來就有很多感慨。因為春天是這麼美好，而人卻很快就會衰老。杜甫的《江畔獨步尋花》七首一口氣讀下來，就能感受到他那種人在衰老時，對於春天的欣賞、

留戀和感慨、悲涼。因此他用這種破壞格律的方式，才能將花的繁重、將他投注的感情的分量表現出來。

「千朵萬朵壓枝低」的「壓」是入聲字。

杜甫

江南逢李龜年

岐王宅裡尋常見，
崔九堂前幾度聞。
正是江南好風景，
落花時節又逢君。

李龜年是一個樂師，他和杜甫都曾在長安，杜甫聽過李龜年演奏的曲子，經過天寶年間的變亂以後，兩個人都流落到了江南，杜甫就寫了這首詩，說的是過去天寶年間的那種繁華、美好的生活已經遠去，所以是「落花時節又逢君」，有很多悲傷。

「落花時節又逢君」的「節」是入聲字。

贈花卿

杜甫

錦城絲管日紛紛，
半入江風半入雲。
此曲只應天上有，
人間能得幾回聞。

花卿是一個音樂家。杜甫是很欣賞音樂家的，寫了很多首贈音樂家的詩。

「人間能得幾回聞」的「得」是入聲字。

望嶽

杜甫

岱宗夫如何，
齊魯青未了。
造化鍾神秀，
陰陽割昏曉。
蕩胸生層雲，
決眥入歸鳥。
會當凌絕頂，
一覽眾山小。

這是杜甫早期的詩，是他年輕時登泰山所寫的一首五言詩。從這首詩中杜甫所寫的外界景物可以看出，杜甫年輕的時候，有一種遠大的胸襟、抱負，以及對於未來的理想的期待，跟他晚年所寫的那種傷感、悲哀是不一樣的。

「陰陽割昏曉」的「割」是入聲字。

杜甫

房兵曹胡馬

胡馬大宛名，
鋒棱瘦骨成。
竹批雙耳峻，
風入四蹄輕。
所向無空闊，
真堪托死生。
驍騰有如此，
萬里可橫行。

兵曹是軍隊裡的一個官員，姓房，所以稱房兵曹。這個房兵曹最近得到一匹好馬，是胡馬。絲路文化的交流從漢武帝派遣張騫去通西域的時候開始，當時貨物的交流，中國輸送出去的是茶跟絲，外國輸送進來的主要是胡地的馬，即北方的馬。而當時在北方有一個國家，叫大宛，大約位於現在的烏茲別克斯坦，那裡的馬非常有名，所以杜甫就寫了一首詩給房兵曹，讚美他新得到的那匹胡馬。

唐朝的韓幹畫馬，畫的都是很胖的馬，但杜甫這首詩寫的是匹瘦馬，「鋒棱瘦骨成」。他讚美這匹馬「竹批雙耳峻，風入四蹄輕」——將一截竹子斜著削一刀，它的側面看過去有一個很尖的角，就像馬的尖耳朵。這匹馬不僅樣子好，體力也好，

「風入四蹄輕」，而且還有品德，「所向無空闊」，這匹馬眼中沒有遼遠空闊的觀念，這和人們說字典裡沒有「難」字一樣，說的是在牠眼中，沒有什麼遙遠的地方是不能去的。不光如此，這匹馬還「真堪托死生」，騎在這匹馬上，可以把生命交給牠，牠一定能克服險阻，並且保護主人。孔子說：「驥不稱其力，稱其德也。」（《論語》）好的馬值得稱讚的不只是牠的體力，而且是牠的品德。所以，尊重一個人，除了知識才能之外，更要看他的品格德行。

杜甫寫了不少詠物的詩歌，這些詠物詩裡都有他的一份感情、人格的體會和寄託。

「胡馬大宛名」的「宛」一般念ㄨㄢˇ，這裡作為國名念ㄩㄢ，平聲。

春日憶李白

杜甫

白也詩無敵，
飄然思不群。
清新庾開府，
俊逸鮑參軍。
渭北春天樹，
江東日暮雲。
何時一樽酒，
重與細論文。

杜甫雖然比李白小十一歲，但他們生活在同一個時代，而且，兩個人曾經同時去遊歷了很多地方。杜甫曾經寫過一首詩，說他跟李白「醉眠秋共被，攜手日同行」，兩個人喝醉了酒，蓋一床被睡，白天的時候就攜手去遊歷。在中國古人，好朋友是這樣的。杜甫和李白是很好的朋友，不過，兩個人的詩集裡，杜甫給李白的詩很多，李白給杜甫的詩很少，這是因為李白比杜甫年長，而且杜甫遇見李白的時候，李白已經名滿天下，被唐玄宗請到朝廷裡做過翰林待詔，自己說「安能摧眉折腰事權貴」，辭掉了一個很高的官職回來，而杜甫當時則連考試都沒考上。所以杜甫對李白是非常崇拜的，「白也詩無敵，飄然思不群」，說李白的詩沒有人能比，那種莫測高深如天上白雲之變幻。

「清新庾開府，俊逸鮑參軍」，庾開府即庾信，是南北朝時候一個非常有名的詩人，賦寫得很好。鮑參軍即鮑照，「鮑」有平仄兩個讀音，ㄅㄠˋ或ㄅㄠ，這裡念ㄅㄠˋ，仄聲。庾信名信，開府是他的官職；鮑照名照，參軍也是他的官職，這裡都是稱官職，如同稱李白為李翰林，稱杜甫為杜工部一樣。

「重與細論文」的「論」是動詞，念ㄌㄨㄣˊ，平聲；作名詞時念ㄌㄨㄣˋ，仄聲。

「白也詩無敵」的「敵」是入聲字。

除架

杜甫

束薪已零落，
瓠葉轉蕭疏。
幸結白花了，
寧辭青蔓除。
秋蟲聲不去，
暮雀意何如。
寒事今牢落，
人生亦有初。

杜甫後半生流落各地，沒有官職，於是就自己種菜。他在家裡搭了一個架子，種蔬菜瓜豆，架子是用一根一根的木頭棍子搭的，植物爬上去，結了果實一串一串垂下來。秋天，是時候要把這個架子拆除了。杜甫是一個很富於感情的人，不管是一匹馬，還是一個搭瓠瓜的瓜架，都投入了自己的感情。

「束薪已零落」，薪即木棍，把木棍捆在一起就是一個架子，已經把它拆了。「瓠葉轉蕭疏」，到了秋天，瓠瓜葉子也都凋落。他說，瓜的一生，從開花到結子，已經完成了它的使命，人也一樣，沒有遺憾了，因為這一生該做的都已經做了。

「幸結白花了」，當年該開的花已開過了，

還幸運地結了果實。「花」本來不能用「結」，是指花開以後還結了果實。「寧辭青蔓除」，完成了一生的使命後，這些枝葉也都不需要了，可以剪除了。

「秋蟲聲不去，暮雀意何如」，瓜架雖然拆了，它遺留的痕跡依然引起杜甫很多感情與思念——在瓜架底下還有蟋蟀的叫聲，晚上的麻雀原本有時會落在架上，只是現在已沒有架了。

「寒事今牢落」，天冷了，一切事情該結束了。春生、夏長、秋收、冬藏，對瓜來說，它在該結束的時候結束了，但它結了果實，所以它想問一問：「人生亦有初。」一個人的一生，你原來有過什麼願望嗎？你結了什麼果實沒有？就像《詩經》中兩句詩說的那樣：「靡不有初，鮮克有終。」

人人都有一個開始，但是很少有人能把這一生好好地完成。

杜甫

春夜喜雨

好雨知時節，
當春乃發生。
隨風潛入夜，
潤物細無聲。
野徑雲俱黑，
江船火獨明。
曉看紅濕處，
花重錦官城。

杜甫詩的聲音非常重要，是它美感的一部分，不但是合乎格律的，還有故意破壞格律的。

「好雨知時節」的「節」、「當春乃發生」的「發」、「野徑雲俱黑」的「黑」、「江船火獨明」的「獨」、「曉看紅濕處」的「濕」都是入聲字。

春望

杜甫

國破山河在，
城春草木深。
感時花濺淚，
恨別鳥驚心。
烽火連三月，
家書抵萬金。
白頭搔更短，
渾欲不勝簪。

這是杜甫一首有名的五言律詩。「國破山河在」的「國」、「恨別鳥驚心」的「別」、「白頭搔更短」的「白」都是入聲字。

月夜

杜甫

今夜鄜州月，
閨中只獨看。
遙憐小兒女，
未解憶長安。
香霧雲鬟濕，
清輝玉臂寒。
何時倚虛幌，
雙照淚痕乾。

在杜甫的詩集裡，五言律詩最多。這首是寫在離亂之中懷念他家中的妻子兒女。

「閨中只獨看」的「獨」、「香霧雲鬟濕」的「濕」是入聲字。

杜甫

旅夜書懷

細草微風岸，危檣獨夜舟。
星垂平野闊，月湧大江流。
名豈文章著，官應老病休。
飄飄何所似，天地一沙鷗。

寫這首詩時，杜甫已到晚年。他離開了長安，一直都沒有能夠再回去。他曾經在四川成都建造過草堂，在裡面住了一段時間，可是後來他不願意終老四川，一心一意地想要回到長安。這首詩是他離開成都後在旅途中寫的，寫漂流在江上的一個月夜。

105　旅夜書懷

杜甫

月夜憶舍弟

戍鼓斷人行，
邊秋一雁聲。
露從今夜白，
月是故鄉明。
有弟皆分散，
無家問死生。
寄書長不達，
況乃未休兵。

杜甫在詩歌的才華、功力上是了不起的大家，同時，在中國的詩人裡，杜甫是感情最正常的，而且是最合乎倫理道德的一個人，他對於他的妻子、兒女、兄弟、朋友都有一份很深厚的情感。這是在戰亂之中懷念他弟弟的一首詩。

「露從今夜白」的「白」、「寄書長不達」的「達」是入聲字。

聞官軍收河南河北

杜甫

劍外忽傳收薊北，
初聞涕淚滿衣裳。
卻看妻子愁何在，
漫捲詩書喜欲狂。
白日放歌須縱酒，
青春作伴好還鄉。
即從巴峽穿巫峽，
便下襄陽向洛陽。

這是一首七言律詩。安史之亂的時候，洛陽、長安相繼淪陷，北方的一大部分土地都被叛軍佔領，杜甫聽說官軍收復了河南、河北，便很高興地寫就了這首詩。但是，很可惜，杜甫一生也沒能再回到洛陽或是長安去。

「即從巴峽穿巫峽」的「峽」是入聲字。

縛雞行

杜甫

小奴縛雞向市賣，
雞被縛急相喧爭。
家中厭雞食蟲蟻，
不知雞賣還遭烹。
蟲雞於人何厚薄，
我斥奴人解其縛。
雞蟲得失無了時，
注目寒江倚山閣。

這是一首古體詩。縛是捆綁的意思。這裡面有一個小故事。杜甫家裡養了雞，雞把昆蟲都吃掉了，家裡人以為這是傷害了弱小的生命，把雞捆起來，不要養這雞了。杜甫於是就寫了這首詩，說家裡人慈悲為懷，認為雞吃了蟲蟻，可是把雞賣了，雞被人殺了，不也是一條生命嗎？「雞蟲得失無了時」，講的是一個人眼光短淺，顧此失彼。

賦新月

繆氏子

初月如弓未上弦，
分明掛在碧霄邊。
時人莫道蛾眉小，
三五團圓照滿天。

繆氏子（約七一三—約七四一），唐代詩人。

繆氏子這個名字，意思是一個姓繆的人家的小孩子。這首詩就是小朋友寫的詩，但很有意味，於是就流傳了下來。

詩中寫的是眼前的景物，很容易理解：一個月牙，還沒有到上弦。上弦的月亮有一個弓弦的形狀，而現在只是露了一點細邊。但人們也別說它峨眉彎彎很小，等過幾天它變成了圓的月亮，到時滿天都是月光。這個小朋友寫得很有希望，很有理想。

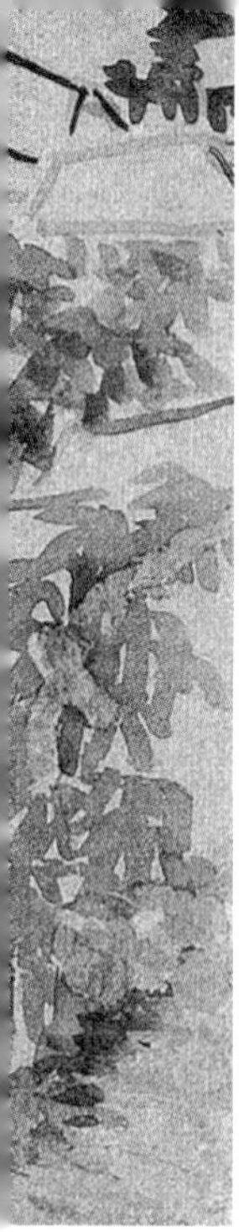

逢入京使

岑參

故園東望路漫漫，
雙袖龍鍾淚不乾。
馬上相逢無紙筆，
憑君傳語報平安。

岑參（約七一五—七七〇），世稱岑嘉州，唐代詩人。

「參」有兩個讀音：曾參、人參的「參」都念ㄙㄣ；但岑參的「參」應該念ㄘㄢ，同參加的「參」。這是因為，岑參出生於一個很有名望的家庭，他的曾祖父叫岑文本，在唐太宗時做到宰相；他的伯祖叫岑長倩，是高宗時候的宰相；他的伯父叫岑羲，在睿宗時做過宰相。他前輩的曾祖、祖父、伯父都是參列到中央權要的，因此有觀點認為，他的家族對他抱有很大的期待，希望他將來也能參與到中央權要的地位，所以取名岑參。

岑參曾經在當時的安西節度使高仙芝的幕府之中做過掌書記。高仙芝是唐朝很有名

的節度使，而掌書記是秘書一類的官職。安西大概在現在的新疆一帶，在當時算是邊塞。唐朝的詩人裡有所謂的「邊塞詩人」，即描寫邊塞風光的，一個是岑參，一個是高適。

但這首詩並不是寫邊塞的，講的是詩人在外方為官，在遙遠的邊疆遇到了一個入京的使者。這個人要到首都長安去，而岑參有職務在身，不能還鄉，並且兩人在路上偶遇，也沒機會寫信託這個人帶回去。

「故園東望路漫漫，雙袖龍鍾淚不乾」，表達的是很真誠的感情——我遠在西北的邊疆，而我的故鄉在東方。「雙袖龍鍾」是指袖子垂得很長，行動不方便的樣子。「故園東望路漫漫」的「漫漫」是平聲，念ㄇㄢˊ。

韓翃

寒食

春城無處不飛花，
寒食東風御柳斜。
日暮漢宮傳蠟燭，
輕煙散入五侯家。

韓翃（生卒年不詳），字君平，唐代詩人。

唐代宗大曆年間，有幾個有名的詩人，被稱為「大曆十才子」，韓翃是其中一個。《寒食》是他傳誦眾口的一首詩，而他也因為一首詩作得好名留千古。

「春城無處不飛花」，春天到處都開著花，一陣風吹過，花都飄落下來了。

「寒食東風御柳斜」，寒食的季節，春風吹拂之中，首都大街邊的柳樹枝條都被風吹得斜斜飄拂。

「日暮漢宮傳蠟燭」，唐朝的詩人在說自己的朝代時都稱「漢」，比如白居易《長恨歌》寫唐玄宗的故事，卻說「漢皇重色思傾國」。唐朝時，普通人點的是油燈，在銅燈盞裡放一點油，拿棉花捲個撚子，只有皇宮裡或是貴族才有蠟燭可點。

寒食節不許燒火。這裡有一個故事，見於《左傳》中的《介之推不言祿》：當年，介之推隨著公子重耳飄泊四方，重耳非常窘迫，沒有東西吃，於是介之推就割下自己大腿的肉給他吃，非常忠誠於君主。但是，重耳回國當了晉文公後，底下的人開始爭奪名祿，他犒賞了很多人，跟他一起逃亡的都有了獎賞，卻忘了介之推，因為他沒有爭奪，「介之推不言祿，祿亦弗及」。介之推和他母親講這件事，說：「竊人之財，猶謂之盜，況貪天之功以為己力乎。」他就帶著母親去山裡隱居了。後來晉文公想起他，要犒賞他，讓他下山，他不肯，晉文公就放火燒山逼他出來，結果把這樣一個對自己有很大恩德的人燒死了。晉文公很悲哀，下令每一年在介之推死的這個時候，民間都不許燒火。那時，斷了火要重新再起火是很難的，有時還要用榆、柏鑽木取火，於是皇宮裡便點了蠟燭送到各貴族家中，讓他們點火。

「輕煙散入五侯家」，蠟燭帶著點燃後冒的煙被分賜到貴族家裡去了。這是寒食季節的特色。

「寒食東風御柳斜」的「斜」，現在俗音念ㄒㄧㄝˊ，但在詩中押麻韻，念ㄒㄧㄚˊ。

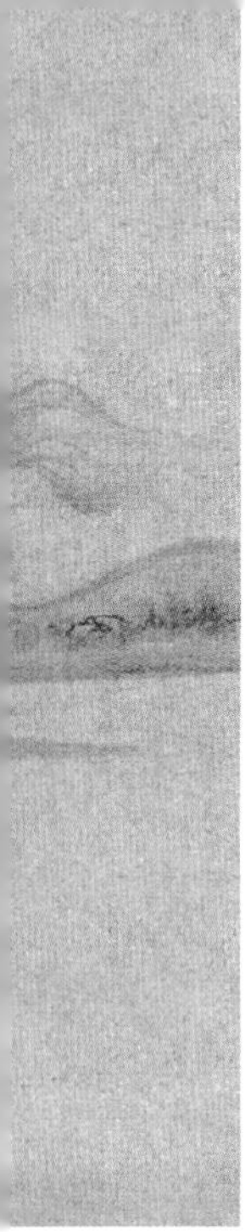

楓橋夜泊

張繼

月落烏啼霜滿天，
江楓漁火對愁眠。
姑蘇城外寒山寺，
夜半鐘聲到客船。

張繼（？—約七七九），字懿孫，唐代詩人。

張繼成為眾人皆知的詩人，只是因為他寫了《楓橋夜泊》這一首詩，人以詩傳。張繼的生平在歷史上並沒有詳細的記載。

楓橋在蘇州城外的西郊，是一座非常古老的橋，就在上塘河上面。

「月落烏啼霜滿天」，夜晚，泊船在楓橋的旁邊，月亮已經都西斜快落下去了，這時聽到了夜晚啼叫的烏鴉——「烏夜啼」也是一個詞牌名。秋天，結霜了，其實霜不是從天上落下來的，霜是附著在植物上的水分遇到冷空氣凝成的，說「霜滿天」，因為我們覺得這樣冷，已經到處都凝了寒霜了。

「江楓漁火對愁眠」，秋天，江邊的楓葉都紅了，夜晚的時候，河上有幾家漁船點著燈火。一個坐船漂泊、旅行在外的人，面對著這樣淒涼的秋天的景色，滿懷鄉愁。

「姑蘇城外寒山寺」，在姑蘇城外有個寒山寺。寒山與拾得是兩位著名的唐朝僧人。這個寺廟寒山曾經住過，便稱為「寒山寺」。

「夜半鐘聲到客船」。寺廟中暮鼓晨鐘，晚上敲鼓，早上敲鐘。僧人一般淩晨三、四點就起床敲鐘了。

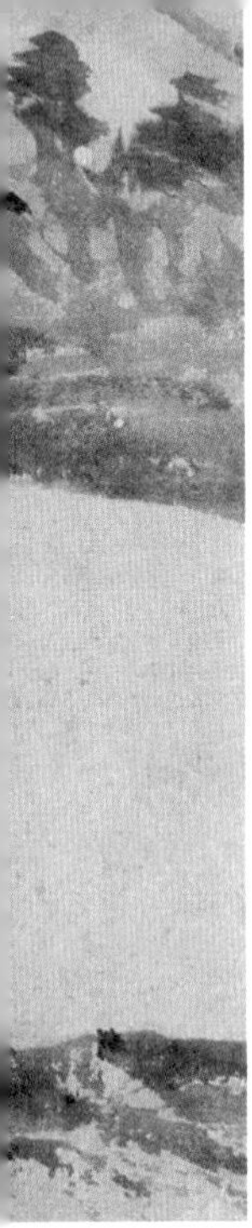

送靈澈上人

劉長卿

蒼蒼竹林寺，
杳杳鐘聲晚。
荷笠帶斜陽，
青山獨歸遠。

劉長卿（約七二六—約七九〇），字文房，世稱劉隨州，唐代詩人。

劉長卿的「長」不念ㄔㄤˊ，念ㄓㄤˇ。中國古人的排行中，年歲長的，稱為「長卿」，年歲小的，稱為「少卿」。司馬相如號長卿，李商隱有一首詩寫他：「君到臨邛問酒壚，近來還有長卿無。」（《寄蜀客》）按照詩的平仄格律，「長」在這裡一定要念第三聲ㄓㄤˇ。

靈澈上人是一個出家人的稱號。這首詩雖然只是寫眼前即景，但寫得很真切，很清幽。

「蒼蒼竹林寺」，既然這個寺叫竹林寺，邊上一定有很多竹子，是一片蒼蒼茫茫的

綠色。

「杳杳鐘聲晚」，晚上，遠遠地傳來鐘聲。有時候寺廟中是晚上敲鐘的。

「荷笠帶斜陽」，早上出來時還戴著斗笠遮太陽，現在已是夕陽西下，笠就背在背後，夕陽灑在身上。

「青山獨歸遠」，青山上，一個人遠遠地從山路上走上去了。

「荷笠帶斜陽」的「荷」念ㄏㄜˋ，作動詞，背的意思。作名詞時念ㄏㄜˊ，同荷花的「荷」。

「青山獨歸遠」的「獨」是入聲字。

逢雪宿芙蓉山主人

劉長卿

日暮蒼山遠，
天寒白屋貧。
柴門聞犬吠，
風雪夜歸人。

劉長卿出門去，有一天下雪了，於是晚上便投宿到芙蓉山一個隱居的人，即芙蓉山主人那裡。芙蓉山位於湖南。

「日暮蒼山遠，天寒白屋貧」，已是日落西山了，能看到遠方蒼茫的山，這樣冷的天，他要去白屋投宿。和美國的白宮不一樣，中國所說的「白屋」代表的是一個沒有官位、沒有錢財的貧苦的平民人家。

「柴門聞犬吠，風雪夜歸人」，他敲這家人的門，狗一聽見敲門聲就在屋裡叫。屋外站著的，是一個在風雪之中，想要來投宿的旅人。

這首詩寫眼前的景物很真切，但並沒有特別深刻的意思。「天寒白屋貧」的「白」、「屋」是入聲字。

彈琴

劉長卿

泠泠七弦上，
靜聽松風寒。
古調雖自愛，
今人多不彈。

「泠泠」是寫七弦琴上很清幽的聲音，聽這個聲音，好像有一陣松風吹來，形容這個曲調。這個曲調是一個古老的琴曲，這個彈琴的人欣賞古老的曲子，但現在人唱流行歌曲，沒有人唱這樣古老的調子了，也沒有人彈奏這麼古老的調子了。

「靜聽松風寒」的「聽」兩個讀音，可以念平聲，可以念仄聲，這裡念仄聲。

司空曙

江村即事

釣罷歸來不繫船，
江村月落正堪眠。
縱然一夜風吹去，
只在蘆花淺水邊。

司空曙（約七二〇—約七九〇），字文明，一作文初，唐代詩人。

司空曙是唐朝代宗時「大曆十才子」之一。

這首詩寫眼前的景色，很生動。有一個人釣魚回來，本來應該用船纜將船繫在岸上的船樁上，但鄉村的人家很安靜、平和，不會有人把船划走，今晚也沒有什麼風浪，船也不會漂走，因此就不繫了。是月落夜深的時候，正好可以去安睡了。就算晚上起風，吹走了船，這麼小的河流，船也不會被吹得很遠，明天早上來找，在茂密的蘆花叢中，淺淺的水邊就可以找到。

夜月

劉方平

更深月色半人家，
北斗欄杆南斗斜。
今夜偏知春氣暖，
蟲聲新透綠窗紗。

劉方平（生卒年不詳），匈奴族，唐代詩人。劉方平的生平不詳，只知道他寫了這首《夜月》。

「更深月色半人家，北斗欄杆南斗斜」，夜靜更深了，月亮升上來了，照在人家裡，一半的庭院都在月色之中，北斗七星斜斜地在天邊，南斗六星也是斜的。北斗七星在天的北方，南斗六星在天的南方。這是寫天上夜晚的景色。

「今夜偏知春氣暖，蟲聲新透綠窗紗」，今天晚上知道春天來了，氣候變溫暖了，所以聽到窗外有昆蟲的叫聲，從綠色的窗紗傳進來，冬天的時候昆蟲都眠藏在地下。

「北斗欄杆南斗斜」的「斜」，念ㄒㄧㄚˊ。

移家別湖上亭

戎昱

好是春風湖上亭，
柳條藤蔓繫離情。
黃鶯久住渾相識，
欲別頻啼四五聲。

戎昱（七四四—八〇〇），唐代詩人。

本來湖上的亭子春風吹拂，是一個很美的地方，春天的柳條在風中飛舞。可是，詩人就要搬家離開它們了，因此覺得柳條飄舞的都是他的離別之情。在這裡住久了，柳樹上的黃鶯彷彿也認識了他，今天要離開，似乎連黃鶯也在啼叫著向他道別了。

「欲別頻啼四五聲」的「別」是入聲字。

秋思

張籍

洛陽城裡見秋風，
欲作家書意萬重。
復恐匆匆說不盡，
行人臨發又開封。

張籍（約七六六—約八三〇），字文昌，世稱張水部、張司業，唐代詩人。

張籍曾經做過水部員外郎，因此人稱張水部，他是韓愈的朋友。

「復恐匆匆說不盡」的「說」、「行人臨發又開封」的「發」是入聲字。

十五夜望月寄杜郎中

王建

中庭地白樹棲鴉，
冷露無聲濕桂花。
今夜月明人盡望，
不知秋思落誰家。

王建（約七六六—？），字仲初，世稱王司馬，唐代詩人。

詩人在一個圓月的十五夜晚，望月寫詩寄情給他的一個朋友。這個朋友姓杜，做郎中。院子裡的月光一片白色，樹上很多烏鴉已經飛回巢中，寒冷的露水滴在桂花上，今天晚上這麼明亮的月亮，大家都會看月亮，哪個人家看到的月亮，有更豐富的情意呢？

王建寫過幾首《從軍行》，寫去從軍的感情，也寫得不錯。

「中庭地白樹棲鴉」的「白」是入聲字。

「不知秋思落誰家」的「思」念ㄙˋ，作名詞。作動詞時念ㄙ。

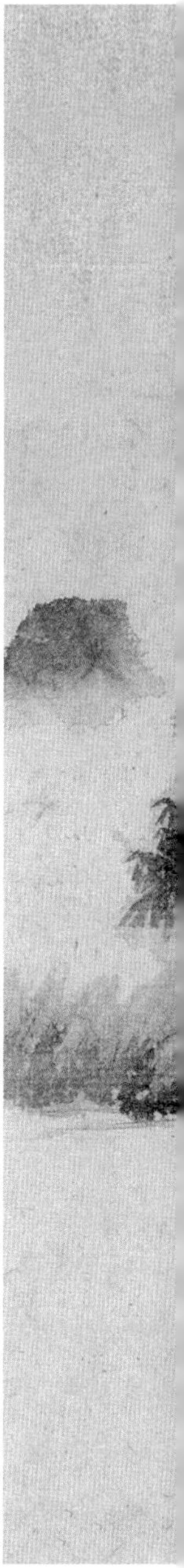

戴叔倫

過三閭大夫廟

沅湘流不盡，
屈子怨何深！
日暮秋風起，
蕭蕭楓樹林。

戴叔倫（約七三二—約七八九），字幼公，一作次公，唐代詩人。唐朝有兩個有名的古文家，一個叫蕭穎士，一個叫李華。戴叔倫是蕭穎士的弟子。他的詩很有情味。

這首詩是悼念屈原的。屈、景、昭是楚國王族三個有名的姓氏，稱為「三閭」，三閭大夫是屈原被貶後的官職，負責主持宗廟祭祀，兼管王族三大姓子弟教育。戴叔倫經過三閭大夫廟，感慨屈原忠而被謗，信而見疑，對楚國那麼忠心耿耿，卻不被楚王信任，湖南的沅水、湘水一直向東流去，而屈子的哀怨就像這沅湘之水，東流不盡。

韋應物

秋夜寄邱員外

懷君屬秋夜，
散步詠涼天。
空山松子落，
幽人應未眠。

韋應物（約七三七—約七九二），世稱韋蘇州，唐代詩人。

王維、孟浩然、韋應物和柳宗元並稱「王孟韋柳」，都是唐朝以寫山水著稱的詩人，並且寫的都是很清幽的景物。

「懷君屬秋夜，散步詠涼天」，「屬」，正當的意思。每當秋天的晚上，我就特別懷念你，因為覺得在這樣的情景下，應該有你這樣的朋友。我一邊散步，口中吟誦著寫秋天涼夜的詩歌。古人常常一邊散步，口中一邊念念有詞，有時是背誦古人的詩，有時是醞釀一首自己的詩。

「空山松子落，幽人應未眠」，山裡寂靜無人，可以聽到松子「啪」的落在地上的聲音。這是寫夜中的寂靜。我想你在這樣的秋夜，也一定有很多詩情的感動吧。這是詩人在一個秋天的夜晚遙想他的朋友。

韋應物

滁州西澗

獨憐幽草澗邊生，
上有黃鸝深樹鳴。
春潮帶雨晚來急，
野渡無人舟自橫。

這是一個很清幽的山澗，有些幽靜的小草，長在山澗的旁邊，詩人特別憐愛它們。上面有黃鸝鳥在樹叢之中叫。春天到了，冰融化了，加上下雨，水流得很急。村野之中有條小船，沒有人管，就這樣停在岸邊。都是眼前的景物。

「春潮帶雨晚來急」的「急」是入聲字。

韋應物

早春對雪，寄前殿中元侍御

掃雪開幽徑，
端居望故人。
猶殘臘月酒，
更值早梅春。
幾日東城陌，
何時曲水濱。
聞閑且共賞，
莫待繡衣新。

這首詩是約一個朋友出去遊春。

詩人說：正是早春時候，剛下過雪，我來把這條路掃乾淨。一個人端坐著，沒有什麼事幹，就懷念起我的老朋友，希望你來。臘月過年，還有一些酒沒喝完，何況正趕上我們家附近春天的早梅開花了。這幾天你有空時，我們到東城的小路，或是去曲水邊上聚一聚。聽說你現在沒什麼事，姑且到我這兒來，共同遊一遊春，賞一賞風景。不要說春天新衣服尚未做好，不等這些，可以現在就出來和我一起遊春嘛。

《論語．先進篇》中，孔子問弟子們的志向，曾點答：「暮春者，春服既成，冠者五六人，童子六七人，浴乎沂，風乎舞雩，詠而歸。」遊春是古人的一種風俗。杜甫

《秋興八首》【其一】說：「寒衣處處催刀尺，白帝城高急暮砧。」秋天一到，就要把舊的棉衣服拆了，把棉花彈一彈鬆，做新衣服預備過冬。而等到春天來的時候，就要準備春天的衣服了。暮春三月，天氣暖和了，春天的衣服都做好了，就去遊春了。而韋應物說，現在的景物正好，你也空閒，就不要等春天的漂亮新衣做成了吧。

盧綸

塞下曲

月黑雁飛高，
單于夜遁逃。
欲將輕騎逐，
大雪滿弓刀。

盧綸（七三九—七九九），字允言，唐代詩人。盧綸是「大曆十才子」之一。

盧綸寫了很多邊塞詩。他年輕的時候考進士，考了好幾次都考不上，就去從軍了，後來回來又考上了。他早年從軍的經歷，使他寫了很多從軍的詩。

沒有月光的晚上，捉來的匈奴王，在黑夜之中逃走了，本來應該騎馬去追他，但是今晚不方便，因為今晚雪太大了，弓箭刀槍上全是厚厚的白雪。這是寫塞上的風光。

「單于夜遁逃」的「單」念ㄔㄢˊ，單于是匈奴的王。

「欲將輕騎逐」的「騎」念ㄐㄧˋ。

李益

喜見外弟又言別

十年離亂後，

長大一相逢。

問姓驚初見，

稱名憶舊容。

別來滄海事，

語罷暮天鐘。

明日巴陵道，

秋山又幾重。

李益（約七四八—約八二七），字君虞，唐代詩人。

外弟是妻子的弟弟。唐朝經歷多年「安史之亂」，戰亂後李益在路上偶遇了他妻子的弟弟，但是兩人不能繼續待在一起，又分別了。

這首詩不僅是寫眼前大自然的景物，並且頗有一些悲慨之情，帶著世事滄桑的感慨。

李益當年結婚的時候，他的妻子應該還很年輕，妻子的弟弟也是。但經過十年離亂，人的模樣都改了。就算在路上遇見過去的朋友，竟也無法認出，只好問對方貴姓，一說名字想起來了，是妻子的弟弟，還記得他當年年輕的樣子。兩人談了很久，回憶過往種種。等談完時，聽到外邊的暮鐘已經敲響。但他們不能停留在這裡，因為是在路上相逢的，明天你有你的路要走，我有我的路要走，大家都在巴陵道上，重重的山水，只好再度分別，不知哪一年才能再見了。

孟郊

遊子吟

慈母手中線，
遊子身上衣。
臨行密密縫，
意恐遲遲歸。
誰言寸草心，
報得三春暉。

孟郊（七五一—約八一四），字東野，唐代詩人。

一位做母親的，她的兒子要遠行了，她給他縫一件衣服，她唯恐線會散開，所以把衣服縫得非常密實，每一針都是母親對兒子的那份牽掛、那種情意。因為這一次不知道兒子要走多久，擔心衣服在路上會破。母親是這樣關心、盡心照顧她的孩子，在孩子臨走前就不放心他遠行。母親彷彿三春的太陽，照亮孩子，培養他成長，因此孩子對於母親，再孝順的回報，也顯得微不足道了。

城東早春

楊巨源

詩家清景在新春，
綠柳才黃半未勻。
若待上林花似錦，
出門俱是看花人。

楊巨源（七五五—？），字景山，後改名巨濟，唐代詩人。

這首詩寫一個眼前的景色。

詩人最欣賞的是早春的景色。柳樹茂密了之後是綠色的，可是早春時，冬天的枯枝上剛發出黃色的柳芽，還沒有長得很完滿。上林苑是當時有名的花園，詩人已經感受到春天的氣息了，但是要等到上林苑的花都開了，像錦繡一樣，到時「出門俱是看花人」了。

寫詩要貼切詩題。詩人在詩中特別點明了早春的意思，「綠柳才黃半未勻」「若待上林花似錦」。

早春呈水部張十八員外

韓愈

天街小雨潤如酥，
草色遙看近卻無。
最是一年春好處，
絕勝煙柳滿皇都。

韓愈（七六八—八二五），字退之，世稱韓昌黎，唐代詩人。

韓愈是有名的古文大家，他也寫了許多好詩，尤其是七言古詩。

「天街小雨潤如酥」，天街即首都的街道。皇帝是天子，首都的街道就稱天街。當時韓愈在朝中做官，他想約一位水部員外郎出門，所以他寫的是首都京城的早春。「春雨貴如油」，酥即酥油的意思。首都，當時的長安，下過一陣小小的春雨，那路上的一片雨，像是油光一樣。

「草色遙看近卻無」，草的顏色，遠遠地看是一片綠色，走近來看，其實草還沒有完全長出來。柳樹也是這樣，遠看朦朦朧

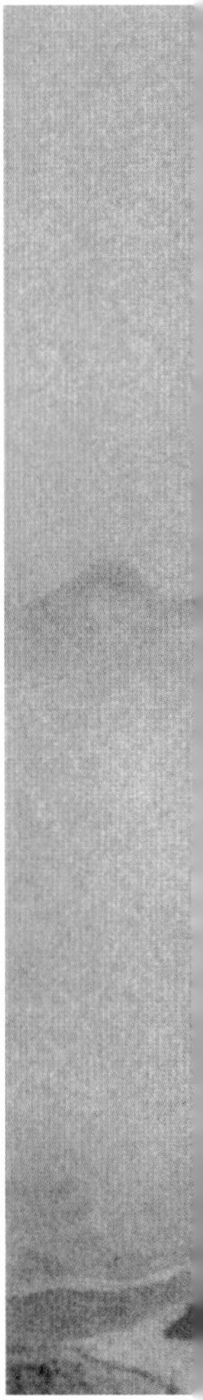

朧，有點黃黃綠綠的顏色，可是柳葉還沒有完全長好。

「最是一年春好處」，詩人說這才是一年最好的時候，春天的腳步剛要到來，還沒來，但已能感覺到春天的氣息。

「絕勝煙柳滿皇都」，煙柳，濃厚、茂密的柳樹，好像籠罩著一層煙一樣，比春天到來以後首都柳樹的景色更值得去體會、去觀賞。

詩人寫的是早春的景色，徐志摩說：「伺候著河上的風光，這春來一天有一天的消息。關心石上的苔痕，關心敗草裡的花鮮，關心這水流的緩急，關心水草的滋長，關心天上的雲霞，關心新來的鳥語。」（《我所知道的康橋》）不用等萬紫千紅的花都開了，柳樹都長滿了，現在春天的腳步慢慢走來的時候，是最美好的時節。

「絕勝煙柳滿皇都」的「勝」念平聲，ㄕㄥ，是超過的意思。

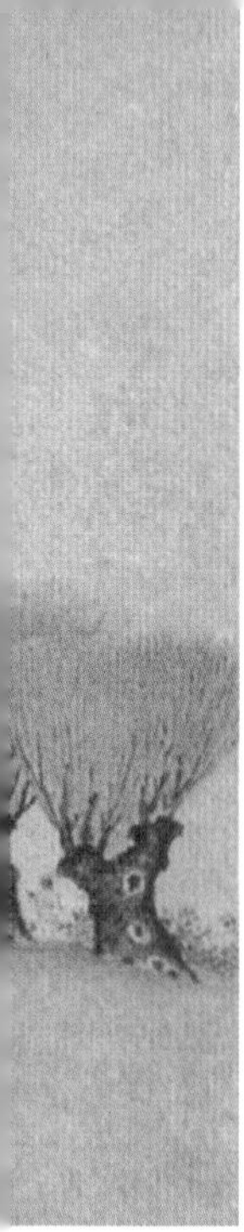

晚春

韓愈

草樹知春不久歸，
百般紅紫鬥芳菲。
楊花榆莢無才思，
惟解漫天作雪飛。

這首詩寫的是晚春。春天要走了，不管是地上長的草，還是開著花的樹，都知道春天快要走了，所以趁著春天還在，要把紅紫各色的花朵，最美好的都展示出來。

楊花是楊樹上的花，一開就吹散了。楊花在古詩詞中也指柳絮。王國維的詞說：「開時不與人看，如何一霎濛濛墜。」（《水龍吟》）蘇軾說：「似花還似非花，也無人惜從教墜。」（《水龍吟》）都是寫楊花（柳絮）。說它不是花吧，它確實是柳樹的花；可說它是花吧，它卻不像花，因為那些開在樹上的花，都是紅色、紫色的，那麼美麗，而楊花（柳絮）只要一開，還沒等掛滿一樹，就都飛走了。沒有人愛惜它，任憑它零落。蘇東坡這首詞中有很多的感慨、寄託。

榆樹開了花，長出像小豆莢一樣的東西，小小的、扁扁的，是榆莢，也叫榆錢，裡面有榆樹種子的籽。楊花（柳絮）、榆莢彷彿沒有很好的才思似的，開不出紅紅紫紫各色的花朵，一開就落了，所以滿天都是楊花（柳絮），滿地都是榆錢兒。這首詩只是寫晚春的景色，而蘇東坡和王國維寫的楊花（柳絮）卻是有很深刻的意思的。

「百般紅紫鬥芳菲」的「百」本來是入聲字，但這裡也可以念ㄅㄞˇ，因為它是第一個字，第一個字的平仄聲不重要，按照俗音念也沒關係。

春雪

韓愈

新年都未有芳華，
二月初驚見草芽。
白雪卻嫌春色晚，
故穿庭樹作飛花。

這首詩寫春天下雪。春天來得晚，詩人盼望春天到來，

可能是韓愈作詩的那一年天氣很冷，過了新年，花還一直沒開，陰曆的二月，就是陽曆三月的時候，草剛剛露出一點綠芽。白雪嫌花都沒開，於是它就從庭院裡的樹上飄飛下來——雪花。

崔護

題都城南莊

去年今日此門中，
人面桃花相映紅。
人面不知何處去，
桃花依舊笑春風。

崔護（生卒年不詳），字殷功，唐代詩人。

崔護是唐德宗貞元年間的詩人。有一年春天，他到都城城南的一個小村莊去散步，覺得口渴，看見鄉野之間有一戶人家，就去敲門，一個女孩給他開了門，聽他說口渴，便給了他一碗水喝。這個女孩很漂亮，給崔護留下了很深刻的印象。第二年，他又出城來踏青，因為懷念這個女孩，便再去那戶人家敲門，可是女孩已經不在了。後來有人編故事說，這個女孩自從見到崔護這個有才情的年輕人之後，就一直想念他，但崔護又來的那天，恰巧這個女孩不在家。於是崔護就題了這首詩。「人面桃花相映紅」，說女孩的臉龐跟桃花一樣紅潤可愛。「桃花依舊笑春風」，桃花在春風中開著，好像女孩一直在笑。故事說，這個女孩子回來看到詩，覺得非常悲哀，感到她的盼望都落空了，後來這個女孩子就死了。

故事傳言之詞未可盡信，總之，這是一個偶然——偶然的春天，偶然去城外散步，偶然看到一戶人家敲門要水喝，偶然遇到一個女孩子，第二年來，這個女孩子已經不在這裡了，就是這樣一個故事。

劉禹錫

秋詞

自古逢秋悲寂寥，
我言秋日勝春朝。
晴空一鶴排雲上，
便引詩情到碧霄。

劉禹錫（七七二—八四二），字夢得，唐代詩人。

悲秋是中國的傳統，宋玉《九辯》寫：「悲哉！秋之為氣也。蕭瑟兮，草木搖落而變衰。」但劉禹錫覺得秋天比春天還好，他說秋天的時候一片晴空，白色的鶴飛到萬里的藍天上，引起了很多的詩情。

烏衣巷

劉禹錫

朱雀橋邊野草花，
烏衣巷口夕陽斜。
舊時王謝堂前燕，
飛入尋常百姓家。

人間的盛衰就是如此。朱雀橋是南京城的一個地方，是原來貴族居住的地方。王、謝家族在晉朝都是貴族。而現在朱雀橋邊都是野草花，當年王、謝子弟居住的烏衣巷口，現在也是落日西斜。王、謝都已經成為過去，歷史已經消沉。這是一種盛衰的感慨。

「烏衣巷口夕陽斜」的「斜」念ㄒㄧㄚˊ，「夕」是入聲字。

憫農二首【其二】

李紳

鋤禾日當午，
汗滴禾下土。
誰知盤中餐，
粒粒皆辛苦。

李紳（七七二—八四六），字公垂，唐代詩人。

這首詩是讓人愛惜物力，不要浪費糧食，因而傳誦眾口。

農夫種出糧食是很辛苦的，他為禾苗除去邊上雜草的時候，一直彎著腰工作，汗水都滴在莊稼的土裡。

「誰知盤中餐」的「餐」現在寫作「餐」，原來寫作「飧」，念ㄙㄨㄣ。但這個字不常見，所以漸漸從俗變為了「餐」。其實「餐」在中國古代做動詞，是「吃」的意思。屈原《離騷》說「夕餐秋菊之落英」，《詩經・伐檀》說：「彼君子兮，不素餐兮。」現在的「素食」意思是吃素菜，而《詩經》

裡的「素餐」是白白吃飯的意思。古人做官有俸祿，俸有俸米，作為一個有品格的人，享受了俸米就應該盡到職務，不能白白享受俸米。還有用文言文描寫一個女子很漂亮，說她「秀色可餐」，這個「餐」也是動詞。而「飧」是名詞，飯的意思。但現在早餐、晚餐說習慣了，「餐」、「飧」也都通用了，盤中的飯食也便是「盤中餐」了。

白居易

問劉十九

綠螘新醅酒，
紅泥小火爐。
晚來天欲雪，
能飲一杯無。

白居易（七七二—八四六），字樂天，號香山居士、醉吟先生，世稱白傅、白文公，唐代詩人。

白居易是一位唐詩中的大家，流傳下來的詩數量非常多，而且他的《新樂府》詩，反映民間疾苦，也很有他的特色。中晚唐的作者，一般說來都受前人的影響。白居易、元稹這些詩人之所以這麼注重反映現實疾苦，其實是受到杜甫的影響。杜甫的「三吏三別」、《自京赴奉先縣詠懷五百字》等，都是反映現實的疾苦。杜甫才是了不起的大家，他真是古今各體兼備，不管是寫詩的內容，還是方法，影響了很多後來的作者。

白居易最有名的詩，如《長恨歌》，是客

觀地寫一個歷史的事件；如《琵琶行》，其實是他有感而發。詩的最後說：「座中泣下誰最多？江州司馬青衫濕。」白居易本來在朝廷做官，被貶到江州做了司馬。唐朝自「安史之亂」後，朝內是宦官專權，外面是藩鎮割據。唐憲宗元和十年（八一五年），淮西節度使吳元濟起兵造反。朝廷宰相武元衡就主張出兵平叛。武元衡做出這一主張後，有一天晚上，他寫了一首五言四句的絕句，最後一句是「日出事還生」，說自己現在辦公回來，晚上很平靜，可是太陽一出來就有很多事情要做。就在作這首詩的第二天早晨，在上朝的路上，他被人暗殺了。別人就認為，「日出事還生」是個預言。日後錢鍾書還用過這個典故。武元衡為什麼被殺？因為節度使的權力太大，和朝廷宦官勾結。當時白居易提出主張追查暗殺事件，結果他就被貶了。

這對白居易是很大的打擊，也是對他詩歌風格起重要影響的一件事。白居易的好朋友元稹有一首詩《聞樂天授江州司馬》：「殘燈無焰影幢幢，此夕聞君謫九江。垂死病中驚坐起，暗風吹雨入寒窗。」他說自己「垂死病中驚坐起」，是因為「此夕聞君謫九江」。當白居易被謫到九江時，滿心的感慨和悲哀，所以他才會寫琵琶女，寫「江州司馬青衫濕」。古代的每個詩人，都真的有他們的理想、抱負、品格和意志。

白居易有一種自己的風格，他作詩就是要能夠傳播，因此他寫《新樂府》、《賣炭翁》……，他說：我寫詩要讓鄉下不識字的老太婆聽了都懂。這本書選的白居易的詩沒有涉及政治方面的，都是寫得很淺近的。

另外，從做人的角度說，如果一個人那麼嚴肅、認真，卻老碰到挫折和打擊，那還活不活下去了？因此中國古人有另外一種修養。例如蘇東坡，一輩子貶官，各處流離，最遠貶到海南，可他卻說：「回首向來蕭瑟處，也無風雨也無晴。」歐陽修被貶官到滁州，同樣寫了《醉翁亭記》。詩人有他嚴肅的一面，也有他閒適、排解的一面。白居易有推行政治主張、不幸遭遇謫貶的一面，而這首詩反映的就是他的另一面。

中國古人稱呼好朋友常常不說他的名字，而說他的排行，李白是「李十二」，「劉十九」稱呼的也是排行。「綠蟻」不是某一種酒的名字，而是指新釀的酒。新釀的酒剛發酵完，還有許多酒糟泡沫漂浮在上面，叫做「綠蟻」。

白居易寫的是一種閒適的生活情趣。本來，「綠蟻」是現實的事物，「紅泥小火爐」也是現實的事物，可是文學詩歌的妙處，便在於將「綠蟻新醅酒，紅泥小火爐」變成對句的時候，產生了另外一番情趣。綠、紅，兩個顏色一對，就讓人覺得這個房間非常暖和，又有酒，又有火。然後他約朋友喝酒，說「晚來天欲雪」，你看今天傍晚天陰沉得很，好像要下雪；「能飲一杯無」，你能過來跟我喝杯酒嗎？詩人也不能總嚴肅，總悲哀、感慨，詩人也有閒適的一面。

白居易

觀游魚

繞池閒步看魚游，
正值兒童弄釣舟。
一種愛魚心各異，
我來施食爾垂鉤。

這是一首給小孩子選的頗有情趣的小詩，意思很清楚：同樣是愛魚，我給魚撒食吃，而你們是釣魚。

「正值兒童弄釣舟」的「值」是入聲字。

暮江吟

白居易

一道殘陽鋪水中，
半江瑟瑟半江紅。
可憐九月初三夜，
露似真珠月似弓。

這首詩講的也不是宏大的主題，而是眼前的景物，但能把它寫出來，就是很好的詩。

「一道殘陽鋪水中，半江瑟瑟半江紅」，「瑟瑟」是碧綠的顏色。歐陽炯有一首詞《南鄉子》：「耳墜金環穿瑟瑟，霞衣窄，笑倚江頭招遠客。」「瑟瑟」本來是一種藍綠色的珠玉。所以詩人說，當日暮黃昏的時候，晚霞不在的這一邊水是清冷的，是碧藍的顏色，而晚霞照上去，就是「半江瑟瑟半江紅」的景象。

「可憐九月初三夜，露似真珠月似弓」，「可憐」是可愛的意思，古人的「憐」就是「愛」，元稹《遣悲懷》說「謝公最小偏憐女」，指的便是謝公偏愛的女兒。這裡詩人說最可愛、美好的時節是九月初。

九月初三的晚上，樹葉、草葉上開始有小小的露珠了，剛剛開始凝露，還沒有變成嚴霜，而初三的月亮是一彎新月。這些眼前的景物，也不必有什麼大的悲哀、感慨寄託其中，詩人也要有排遣和欣賞的心境。

大林寺桃花

白居易

人間四月芳菲盡，
山寺桃花始盛開。
長恨春歸無覓處，
不知轉入此中來。

這是眼前的景物。平地裡的花都落了，但山裡比較冷，所以花都還開著。

白居易

賦得古原草送別

離離原上草，
一歲一枯榮。
野火燒不盡，
春風吹又生。
遠芳侵古道，
晴翠接荒城。
又送王孫去，
萋萋滿別情。

「晴翠接荒城」的「接」、「萋萋滿別情」的「別」是入聲字。

錢塘湖春行

白居易

孤山寺北賈亭西，
水面初平雲腳低。
幾處早鶯爭暖樹，
誰家新燕啄春泥。
亂花漸欲迷人眼，
淺草才能沒馬蹄。
最愛湖東行不足，
綠楊陰裡白沙堤。

「最愛湖東行不足」的「足」、「綠楊陰裡白沙堤」的「白」是入聲字，「堤」不念ㄊㄧ，正確的念法是ㄉㄧ。

零陵早春

柳宗元

問春從此去，
幾日到秦原。
憑寄還鄉夢，
殷勤入故園。

柳宗元（七七三—八一九），字子厚，世稱柳河東，唐代詩人。

唐朝寫山水、自然最有名的詩人是「王孟韋柳」：王維、孟浩然、韋應物、柳宗元。但「王孟韋柳」所寫的自然，風格、感情是完全不一樣的。

柳宗元寫的自然、山水跟其他三位迥然不同，他的詩裡有非常深重的悲哀。

看韓愈寫的《柳子厚墓誌銘》，會發現柳宗元是非常有才華、有理想的人。他的祖先曾經顯達，後來沒落，到柳宗元，大家都說柳家可謂後繼有人，柳宗元也對自己抱有很高的期待。古代讀書人學而優則仕，修身、齊家、治國、平天下，都想在政治上能夠有所建樹。柳宗元生在唐德宗、順宗之間。順宗是一個很好的皇帝，有心圖治，起用了一批人，包括柳宗元、劉禹錫、王叔文，很有改革政治之心。但是，順宗做皇帝後不幸得了病，按照歷史記載是中風一類，而中唐以來一直是宦官專權，宦官們於是就擁立了唐憲宗。唐朝的幾個皇帝，如憲宗、武宗，都是宦官立的。宦官能立皇帝，也能殺皇帝，唐玄宗以後，肅宗、代宗、德宗、順宗、憲宗、穆宗、敬宗，其中憲宗、敬宗都是被宦官殺死的。之後就是文宗，文宗也有改革的意圖，結果發生了「甘露之變」，滿朝文武大臣，受牽累的眷屬有幾百人，都被宦官集團殺死了。順宗死後，柳宗元、王叔文、劉禹錫的理想沒有能夠完成，就都被貶了出去。柳宗元被貶到湖南，這首《零陵早春》就是被貶時所寫，因此很悲哀、很感慨。

「問春從此去，幾日到秦原」，零陵在南方，南方的春天先來，長安在北方，詩人問春天：你從南方來，向北走，要走幾天才能走到陝西的那片土地上？

「憑寄還鄉夢，殷勤入故園」，詩人將他的夢托給春天、春風、春草，殷勤地盼望他的夢跟隨春天一起到故園長安去。

江雪

柳宗元

千山鳥飛絕，
萬徑人蹤滅。
孤舟蓑笠翁，
獨釣寒江雪。

這首詩也是柳宗元非常有名的詩。

這首詩整體押的是入聲韻，它的聲音這麼短促，寫的景物這麼寂寞、孤獨、寒冷，幾乎都不用解釋其中的意思。山上飛鳥都沒有了，路上行人都沒有了，一個人，一葉孤舟，身上披著蓑衣，頭上戴著斗笠，在寒江上垂釣。據說冬天結了冰，魚都在冰底下，如果在冰上鑿出一個洞，魚都會跑過來，所以在冰上鑿洞釣魚這番景象是可能的。四面都是雪，遠遠看去，非常寂寞，沒有別的任何人，一切都在冰雪寒冷的封凍之中。

漁翁

柳宗元

漁翁夜傍西岩宿，
曉汲清湘燃楚竹。
煙銷日出不見人，
欸乃一聲山水綠。
回看天際下中流，
岩上無心雲相逐。

這首詩寫得很有意思。

「漁翁夜傍西岩宿，曉汲清湘燃楚竹」，寫漁翁清寂的生活。

「煙銷日出不見人」，看不見人，漁翁是在山水煙靄之中。

「欸乃一聲山水綠」，「欸乃」是聽到一聲船響。

「回看天際下中流」，回頭一看，從遠方流下一條水來。

「岩上無心雲相逐」，寫的是白雲的自在，白雲的縹緲。

「煙銷日出不見人」的「出」、「欸乃一聲山水綠」的「綠」是入聲字。

尋隱者不遇

賈島

松下問童子，
言師採藥去。
只在此山中，
雲深不知處。

賈島（七七九—八四三），字浪仙，一作閬仙，自號碣石山人，早歲為僧，號無本，唐代詩人。

詩詞真的是性情之物，什麼人有什麼樣的性情、品格，就寫出什麼樣的作品，絲毫也不能勉強。人說「郊寒島瘦」，就是說賈島沒有生發、發揚的那種氣象。據說賈島早年曾經出過家，真的削髮為僧。有一個故事說，賈島寫了一首新詩，其中一句是「僧敲月下門」，還是「僧推月下門」，一時拿不定主意。他騎驢的時候自己比畫是「敲」好還是「推」好，比著比著，就撞到了韓愈的馬。韓愈不但沒有怪罪他，反而告訴他應該用「敲」。「推敲」這個詞語就是這樣來的。賈島不是很有才華，但是很喜歡作詩。這裡選的這首詩就比較能體現他的精神氣質。

劉皂

渡桑乾

客舍並州已十霜，
歸心日夜憶咸陽。
無端更渡桑乾水，
卻望並州是故鄉。

劉皂（約七八五—約八〇五），唐代詩人。

劉皂沒有很多首詩傳下來，《全唐詩》裡只有他五首詩，但這首《渡桑乾》很有名。桑乾在河北，是永定河的上游。詩人說「無端更渡桑乾水，卻望並州是故鄉」，這是一生在外、四方行旅的人，真是處處無家處處家的感覺。

「客舍並州已十霜」的「並」在這裡念平聲，ㄅㄧㄥ，「舍」、「十」兩字是入聲字。

杜牧

秋夕

銀燭秋光冷畫屏，
輕羅小扇撲流螢。
天階夜色涼如水，
臥看牽牛織女星。

杜牧（八〇三—約八五三），字牧之，號樊川居士，唐代詩人、散文家。

杜牧在晚唐與李商隱並稱「小李杜」，他的詩很有情韻，很風流倜儻。

「銀燭秋光冷畫屏」的「燭」是入聲字。

167　秋夕

山行

杜牧

遠上寒山石徑斜，
白雲深處有人家。
停車坐愛楓林晚，
霜葉紅於二月花。

「遠上寒山石徑斜」的「斜」押麻韻，念ㄒㄧㄚˊ。

「停車坐愛楓林晚」的「車」這裡押魚韻，念ㄐㄩ，它的另一個正規讀音押麻韻，念ㄔㄚ。ㄔㄜ是俗音。

「白雲深處有人家」的「深」，也有版本作「生」。我個人覺得是「白雲深處有人家」，與「山中何所有，嶺上多白雲」（陶弘景《詔問山中何所有賦詩以答》）是同樣的意思；當然，也可以認為雲是從山上流出來的，「白雲生處有人家」，那便和「雲無心以出岫，鳥倦飛而知還」（陶淵明《歸去來辭‧並序》）是同樣的意思。這兩個版本都可以，都在流傳。

清明

杜牧

清明時節雨紛紛，
路上行人欲斷魂。
借問酒家何處有？
牧童遙指杏花村。

中國人對於清明節是很重視的，因為這是懷念祖先、祭墳掃墓的時間。本來，清明應當到自己親人的墓地去祭掃，但是作為一個在外的遊子，詩人不能回到家鄉上墳掃墓了。

「清明時節雨紛紛」，十分淒涼的樣子。「路上行人欲斷魂」，詩人無可排遣客子的離愁，於是「借問酒家何處有？牧童遙指杏花村」。

「清明時節雨紛紛」的「節」是入聲字。

江南春

杜牧

千里鶯啼綠映紅，
水村山郭酒旗風。
南朝四百八十寺，
多少樓臺煙雨中。

絲路文化對於中國韻文有很大影響，其中，敦煌曲子的影響主要在詞，而其實比敦煌殘卷更早的時候，絲路文化就在影響中國的文學了。漢朝張騫出使西域通的絲綢之路，但絲路文化對文學聲律的影響是從東晉開始的。在東晉以前，中國的詩是不注重平仄的。《古詩十九首》，「行行重行行」，每個字都是二聲，沒有平仄之說。中國的詩注重平仄、分別四聲，是受了絲綢之路佛教文化傳入的影響，從東晉開始的。東晉義熙十四年（四一八年），《大方廣佛華嚴經》被譯為漢語。《華嚴經》的開頭寫了很多「反切」，「反切」就是拼音，用兩個漢字來給一個漢字注音，比如「東」字，德紅切，取反切上字「德」的聲母ㄉ，反切下字的「紅」的韻母ㄥ，組成ㄉㄥ音。因為佛經中的印度梵文，有很多發音是中國文字沒有的，念經文時，不知道怎麼念，便在翻譯經文時註明了「反切」（拼音）。東晉之後是南北朝，杜牧說：「南朝四百八十寺，多少樓臺煙雨中。」寫江南的景色，江南有那麼多寺廟，就是因為東晉到南北朝時佛教傳入。

「水村山郭酒旗風」的「郭」是入聲字。

登樂遊原

杜牧

長空澹澹孤鳥沒，
萬古銷沉向此中。
看取漢家何事業，
五陵無樹起秋風。

樂遊原是長安城外不遠的一個高原，登上這個高原，可以看到長安城。杜牧寫《登樂遊原》，其實是比較傷感的，雖然也是眼前景物，可是裡面有很深的感慨。

「長空澹澹孤鳥沒」，一隻鳥，飛向遠天看不見了。

「萬古銷沉向此中」，人間的歷史興衰也如同這隻鳥一般，如此消失了。

「看取漢家何事業」，漢朝曾是盛世，而現在漢朝又留下了什麼？

「五陵無樹起秋風」，「五陵」是漢朝皇帝的墳墓，墳墓上的樹都叫人砍伐了，原本有樹在秋風之中就已淒涼蕭瑟，何況現在連樹都沒有了。

泊秦淮

杜牧

煙籠寒水月籠沙，
夜泊秦淮近酒家。
商女不知亡國恨，
隔江猶唱後庭花。

「商女不知亡國恨」的「國」是入聲字。

南朝的宋、齊、梁、陳都滅亡了，最後一個皇帝是陳後主。陳後主作有一首歌曲叫《玉樹後庭花》。秦淮河很美麗，邊上都是那些靠唱歌、跳舞賺錢的歌妓、酒女，她們不知道亡國之恨，還在河邊唱陳後主的《後庭花》——那是亡國的歌曲。

陳陶

隴西行四首【其二】

誓掃匈奴不顧身，
五千貂錦喪胡塵。
可憐無定河邊骨，
猶是春閨夢裡人！

陳陶（約八〇三—約八七九），字嵩伯，唐代詩人。

《隴西行》這個題目本來是一個樂府古題，樂府詩中就有詩題叫《隴西行》，寫的都是征戰的事情。這首詩是感慨戰爭的，所以用了《隴西行》這個詩題。

「五千貂錦喪胡塵」的「喪」，有ㄙㄤ和ㄙㄤˋ兩個讀音，作名詞時念ㄙㄤ，婚喪嫁娶、喪事；這裡作動詞，念ㄙㄤˋ。

175　隴西行四首【其二】

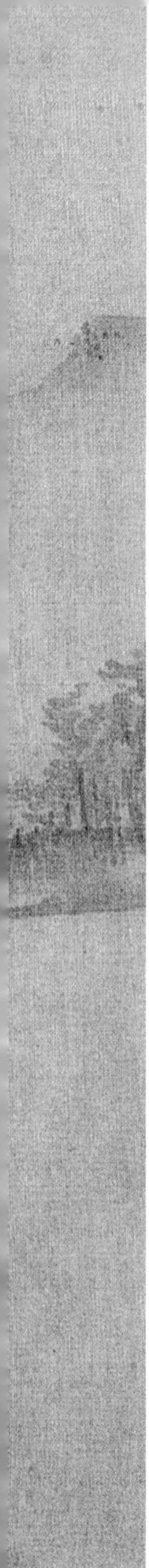

夜雨寄北

李商隱

君問歸期未有期，
巴山夜雨漲秋池。
何當共剪西窗燭，
卻話巴山夜雨時。

李商隱（約八一三—約八五八），字義山，號玉溪（谿）生，又號樊南生，唐代詩人、駢文家。

李商隱在四川的幕府做官，是他在外地擔任幕府官員的最後一任。在他寫《夜雨寄北》這首詩的時候，想回家而沒辦法，其後他的妻子在家中死去了。當李商隱離開幕府回到家中，妻子已不在人世，而他自己在不久以後也四十多歲就死了。李商隱一生不得意，一直陷在黨爭之中，一生被排擠，一生離家在外。

177　夜雨寄北

首句「君問歸期未有期」，你問我什麼時候回家，我真的不知道什麼時候。詩人和他的家人一直都在別離之中，他一生輾轉各地幕府之中，即便回去，時間也很短。因為他要有工作、有收入，才能維持一家人的生活。

「巴山夜雨漲秋池」，今天晚上，我在四川，下了很大的雨，池水都漲起來了。我就在這樣悲哀的，遠離家鄉不知何日是歸期的夜晚。

「何當共剪西窗燭」，「何當」是當什麼時候的意思。我有一個夢想：我要回到家，能和你共同點燃一支蠟燭。要剪燭談心。

「卻話巴山夜雨時」，到那時，我再跟你談一談巴山夜雨的情景。

「何當共剪西窗燭」的「燭」是入聲字。

嫦娥

李商隱

雲母屏風燭影深，
長河漸落曉星沉。
嫦娥應悔偷靈藥，
碧海青天夜夜心。

「長河漸落曉星沉」，「長河」是天上的銀河，夜漸深的時候，銀河的方向有轉動，然後慢慢看不見了，因為天亮了。「曉星」是天上最亮的星星，太白金星，也因天亮了看不見了。

「嫦娥應悔偷靈藥」，嫦娥吃了長生不死的藥，就上了月亮。

「碧海青天夜夜心」，嫦娥成了神仙，長生不老了，可是天上只有這一輪明月，上不著天，下不著地。上面是青天，下面是碧海，她一個人孤獨地在那裡。嫦娥應該後悔為什麼吃了仙藥離開了人間，因為從此就再也沒有伴侶，只能「碧海青天夜夜心」了。李商隱好就好在這最後一句上。

這首詩表面上很容易懂，但寫得真是悲哀，不只是一個故事，而是真的孤獨、寂寞，沒有人理解。不過它本身的故事小孩總還能懂的，因此選在了這本書裡。

「雲母屏風燭影深」的「燭」是入聲字。

李商隱

霜月

初聞征雁已無蟬，
百尺樓高水接天。
青女素娥俱耐冷，
月中霜裡鬥嬋娟。

李商隱的詩，總是表面顯得很淺近，裡面的悲哀卻很幽深。

「初聞征雁已無蟬」，聽到天上雁叫的時候，說明夏天早已過去。

「百尺樓高水接天」，已經降霜的夜晚，天上一輪明月照在高樓之上，百尺的高樓，月光如水，從天上灑下來。

「青女素娥俱耐冷」，霜神是青女，月神是素娥，即嫦娥。既然青女是霜神，當然能夠忍耐寒冷。月亮孤獨地掛在天上，當然也能夠忍耐寒冷。

「月中霜裡鬥嬋娟」，就是在這樣淒涼、寒冷、降霜的夜晚，她們在寒冷之中保持了她們的美麗。「鬥嬋娟」，就是說兩個人都能夠經受、承擔這種孤獨和寒冷。

《嫦娥》詩中寫的是「嫦娥應悔偷靈藥」，這首詩寫的是「青女素娥俱耐冷」。前一首詩的重點在神話故事，所以用「嫦娥」，這首詩著重於寒冷的感覺，所以用「素娥」。作詩用字的感覺是很微妙的。

183 霜月

登樂遊原

李商隱

向晚意不適，
驅車登古原。
夕陽無限好，
只是近黃昏。

杜牧的《將赴吳興登樂遊原》說：「欲把一麾江海去，樂遊原上望昭陵。」這是表示杜牧對國家的關懷。而李商隱的這首《登樂遊原》寫的是不同的意思。「夕陽無限好，只是近黃昏」，夕陽很美麗，可是金霞的燦爛是最短暫的。

無題

李商隱

八歲偷照鏡，
長眉已能畫。
十歲去踏青，
芙蓉作裙衩。
十二學彈箏，
銀甲不曾卸。
十四藏六親，
懸知猶未嫁。
十五泣春風，
背面秋千下。

《無題》也是李商隱非常好的一首詩。

《無題》寫的是個女孩子。如果說李太白的《長干行》，「妾髮初覆額，折花門前劇」，寫的是長江邊現實的女孩子，那麼李商隱現在寫的這個女孩子，從八歲一直到十五歲，就是一種象喻。中國古人向來把美女比作賢能的才士，屈原說「恐美人之遲暮」，就是藉美人來比喻才德賢能的君子。女子愛美，男子也一樣要愛惜自己，愛惜自己不是養尊處優，而是讓自己通過鍛煉、學習，成為一個更好的人，不是外表打扮得很漂亮，而是提高德行和才能。每個人生來都應該向這個方面去努力。

詩裡這一個愛美的女子，象徵一個追求美好才德的男子。

「八歲偷照鏡，長眉已能畫」，八歲的時候，她就懂得愛美了，家裡大人不讓她照鏡子，她偷著照鏡子。大人以為還沒有到化妝的年齡，她就已經能夠把眉毛畫得這樣修長而美麗。

「十歲去踏青，芙蓉作裙衩」，「踏青」是古代的風俗，清明上巳，女子便去踏青，鬥草尋花。女孩子出去遊春，要穿漂亮的衣服，她的裙子邊上繡的都是芙蓉花。不只是追求自己身體衣飾的美好，屈原也將美麗的衣服比作美麗的品德。

「十二學彈箏，銀甲不曾卸」，想要真的有才能，十二歲就要學彈箏。「銀甲」是戴在手指上用來彈箏的，因為用自己的手指去彈，指甲會斷。銀甲戴著不肯卸下來，代表她學習的勤奮。

「十四藏六親，懸知猶未嫁」，女子一切都以七作為倍數，十四歲就算成年了，是談論嫁娶的時候了，這時女子就不能夠隨便見人了。她躲在深閨中，大家看不到她，只是遙遠地聽說，他們家有個女孩子還沒嫁出去。

「十五泣春風，背面秋千下」，十五歲還沒有出嫁，女子就耽誤了她的婚嫁之期。她在春風之中流下淚來，可是不肯讓人看見，背立在秋千之下。這是古代的一個象喻，是說一個男子，曾經努力在各方面提高自己的修養、品德、才能，可是沒有找到一個可以任用他的人。

李商隱很小的年紀父親就去世了，他是家裡最大的男孩，那時候沒有印刷，他要「傭書販舂」，替人家抄寫，替人家搗米來賺錢，養活母親和姊弟。他小時候非常孤苦，努力學習，後來有很多人欣賞他。先是令狐楚，後來是王茂元。令狐楚欣賞他時，他還沒有考上進士；可等他考上進士那一年，令狐楚死了，而他在那年跟王茂元的女兒結了婚。但王茂元跟令狐楚是敵對的兩黨，從此令狐楚那一黨都排斥他。李商隱的一生，「虛負淩雲萬丈才，一生襟抱未曾開」（崔珏《哭李商隱》），這是他死後，別人悼念他的詩。

「銀甲不曾卸」的「卸」念ㄒㄧㄚˋ。

山亭夏日

高駢

綠樹陰濃夏日長，
樓臺倒影入池塘。
水晶簾動微風起，
滿架薔薇一院香。

高駢（八二一—八八七），字千里，唐代詩人。

這個詩人不是很有名，只是偶然有一首詩流傳下來。這首詩與李商隱的詩不同，沒有幽微深刻的情意，只是寫眼前的景物，寫得很清新、美麗，因此流傳了下來。

韋莊

臺城

江雨霏霏江草齊，
六朝如夢鳥空啼。
無情最是臺城柳，
依舊煙籠十里堤。

韋莊（約八三六—九一〇），字端己，五代前蜀詩人、詞人。

韋莊是很有名的詩人，他的詞比他的詩更有特色。「臺城」，指南京。六朝金粉，東吳、東晉，南朝的宋、齊、梁、陳，都建都在金陵，即現在的南京。臺城是各朝中央政府辦公所在的地方。杜甫《醉時歌》說「諸公袞袞登臺省」，臺省就是臺城。南朝建都在長江的邊上，春天的時候，「江雨霏霏江草齊」，風景依然，而六朝早已成為往事，如滾滾長江東逝水，都消失了，只聽到鳥的哀啼，臺城附近的柳樹在堤岸旁邊，仍然長得這麼茂密，仍然在煙靄之中飄蕩著它的柳絮，真是無情，也許是因為，它已經看盡了繁華盛衰。

「依舊煙籠十里堤」的「十」是入聲字。

雨晴

王駕

雨前初見花間蕊，
雨後全無葉底花。
蛺蝶紛紛過牆去，
卻疑春色在鄰家。

王駕（約八五一—？），字大用，自號守素先生，唐代詩人。

王駕不是有名的詩人，偶然一首小詩，即景生情，寫得很深切、很活潑。

「雨前初見花間蕊，雨後全無葉底花」，花落得這麼快，下雨之前剛看見這朵花展開，看見它的花蕊，一陣風雨過去，花竟都落了。蝴蝶沒有花可以採花粉，便都飛到別人家去了，所以「卻疑春色在鄰家」。

淮上與友人別

鄭谷

揚子江頭楊柳春，
楊花愁殺渡江人。
數聲風笛離亭晚，
君向瀟湘我向秦。

鄭谷（約八五一—約九一〇），字守愚，世稱鄭都官，唐代詩人。

這首詩寫眼前的景物、情事，寫得很好。

我們兩個是老朋友，多年不見，在揚子江頭碰見了。此時正是飄揚著柳絮的春天，天上都是飛舞的楊花（楊花就是柳絮）。我們在亭子裡吹了笛子，聚會片刻，你要趕你的路，我要趕我的路，於是我們分手便各自走了。這是寫人生旅途之中的遇合。徐志摩有一首詩〈偶然〉：「我是天空裡的一片雲……你我相逢在黑夜的海上／你有你的，我有我的，方向。」其實人生很

193 淮上與友人別

多這樣的情景，偶然跟某個人在某個場合遇見，覺得這個人很好，但是終生也都沒有再見到他。人生常常有這樣的事。

「楊花愁殺渡江人」的「殺」是入聲字。

雜詩

無名氏

近寒食雨草萋萋，
著麥苗風柳映堤。
等是有家歸未得，
杜鵑休向耳邊啼。

「著麥苗風柳映堤」，麥苗剛剛長出來，可以在麥苗上看到一陣風吹過來，堤岸上都是楊柳。

按照文法，第一、第二句應當是：「近寒食／雨／草萋萋，著麥苗／風／柳映堤。」但讀誦的時候是：「近寒／食雨／草萋萋，著麥／苗風／柳映堤。」講解按照文法，讀誦按照格律，這是一般的常識。

錢珝

江行無題

萬木已清霜，
江邊村事忙。
故溪黃稻熟，
一夜夢中香。

錢珝（生卒年不詳），字瑞文，唐代詩人。

這首詩寫的是，詩人在江上行船，天已經冷了，「萬木已清霜」，看到江邊農村的人家正忙著收割，便想到了自己的老家故溪，這時也是稻子熟的時候，於是，這一夜夢見的都是老家稻田的情景。人對於故鄉總是有很深的記憶。

「故溪黃稻熟」的「熟」是入聲字。

范仲淹

江上漁者

江上往來人，
但愛鱸魚美。
君看一葉舟，
出沒風波裡。

范仲淹（九八九—一〇五二），字希文，世稱范文正公，宋代詩人、詞人。

范仲淹的《岳陽樓記》說：「不以物喜，不以己悲；居廟堂之高則憂其民；處江湖之遠則憂其君。是進亦憂，退亦憂。然則何時而樂耶？其必曰『先天下之憂而憂，後天下之樂而樂』乎？」真是以天下為己任。

他寫的詩也是如此。大家看到漁船，只想到抓來的鱸魚好吃，可是他所看見的，所想到的是那些捕魚人生活的艱辛。

「君看一葉舟」的「看」字念平聲，ㄎㄢ。

歐陽修

畫眉鳥

百囀千聲隨意移，
山花紅紫樹高低。
始知鎖向金籠聽，
不及林間自在啼。

歐陽修（一〇〇七—一〇七二），字永叔，號醉翁、六一居士，宋代文學家。

這首詩是說，畫眉百囀千聲，隨意飛到哪裡都叫，山上長著有紅色紫色的花，高高低低的樹，畫眉鳥在山間，在大自然之中，牠的生活是自由、快樂的，如果把牠抓回去，就算給牠一個黃金的籠子，鎖起來聽牠的鳴叫，也不如牠「林間自在啼」。這首不是歐陽修最好的詩，但小孩子容易懂。

題何氏宅園亭

王安石

荷葉參差捲，
榴花次第開。
但令心有賞，
歲月任渠催。

王安石（一〇二一—一〇八六），字介甫，號半山，世稱王文公、王荊公、臨川先生，宋代文學家。

「荷葉參差捲」，荷葉還沒有展開。荷葉剛生出來都是捲著的，所以高高低低的荷葉「參差捲」。

「榴花次第開」，夏天快來了，石榴花慢慢就開了。

「但令心有賞」，只要心裡有一個對象可以欣賞，就可以把感情寄託在它上面。

「歲月任渠催」，任憑光陰的流逝。

201 題何氏宅園亭

王安石的這首詩雖然短小，但是寫得很不錯。王安石歷經政海波瀾，老年時寫的詩有些很好，很有對人生的體悟。一個人的內心之中，如果能夠找到一個願意終生投注的理想，為它努力、為它獻身，那真是幸運的。不一定非要做什麼偉大的學問，有些人做很普通的工作，打鐵的、木工的，一輩子做這些，但他真的把他的感情、理想、生命都投注到裡面，要把它做好，這都是美好的事情。

南蕩

王安石

南蕩東陂水漸多，
陌頭車馬斷經過。
鍾山未放朝雲散，
奈此黃梅細雨何。

「南蕩東陂水漸多」，「蕩」是有水、有蘆葦的地方，「陂」也是很大一片水。這些水塘，到了春天，連著陰天下雨，水都漲起來了。

「陌頭車馬斷經過」，被水淹沒的路，陌頭車馬都不能走了。

「鍾山未放朝雲散」，王安石當年住在南京附近，鍾山上面一直都是雲霧籠罩，還沒有晴天的跡象。

「奈此黃梅細雨何」，南方的黃梅雨，接連不斷，每天都下，有時牆都濕了。

「陌頭車馬斷經過」的「車」念ㄐㄩ，「過」是平聲，念ㄍㄨㄛ，「過錯」的「過」念ㄍㄨㄛˋ。

封舒國公三首【其二】

王安石

桐鄉山遠復川長，
紫翠連城碧滿隍。
今日桐鄉誰愛我，
當時我自愛桐鄉。

王安石晚年的七言絕句實在寫得很好。他晚年被封作舒國公，這個地方大概位於浙江嘉興附近，叫桐鄉，有綿延的山，有長流的水，「桐鄉山遠復川長」；滿城各種花花草草，到處的綠水，「紫翠連城碧滿隍」；我今天回到桐鄉，「今日桐鄉誰愛我」；我當年曾經在桐鄉做官，「當時我自愛桐鄉」。

歐陽修寫過十首《採桑子》，中間有一首小詞，也表達了這樣的感情：「平生為愛西湖好，來擁朱輪。富貴浮雲，俯仰流年二十春。歸來恰似遼東鶴，城郭人民，觸目皆新，誰識當年舊主人。」歐陽修曾在潁州西湖做過官，他喜歡這裡，晚年又回到這兒來，所以說當年「為愛西湖好」。「歸來恰似遼東鶴」，擬丁令威化鶴歸來。「城郭皆新」，城市也改了面目。「富貴浮雲，俯仰流年二十春」，我當年曾經在這裡做過主官，愛過這裡的人民，關懷過他們，但是現在沒有一個人認識我了。「今日桐鄉誰愛我，當時我自愛桐鄉」，表達的也是同樣的心情。

北陂杏花

王安石

一陂春水繞花身，
花影妖嬈各佔春。
縱被春風吹作雪，
絕勝南陌碾成塵。

這首詩寫的是，北邊陂塘旁邊長了很多杏花，杏花旁邊是流水。每朵花都很美麗，都佔有著春天的美好。但世上豈有不落的花朵？只是寧願被春風吹得像雪花一樣飛落，也比落在路邊被車馬碾成塵要幸運。寫的是花，也有人生的感慨在裡面。

207　北陂杏花

北山

王安石

北山輸綠漲橫陂，
直塹回塘灩灩時。
細數落花因坐久，
緩尋芳草得歸遲。

「北山輸綠漲橫陂」，北山的山色，是送到眼前的綠色，陂塘的水漲了，滿陂塘的綠水。

「直塹回塘灩灩時」，「塹」是橫斷的水溝。不管是橫著的溝渠還是曲折迴旋的小池塘，都是波光瀲灩，都是春天綠水閃爍著的波光。

「細數落花因坐久」，此時，詩人晚年已經退休了，出來遊春，便坐在那裡看有幾朵花飄下來，幾瓣花落下來。「細數落花」所以「因」而「坐久」。

「緩尋芳草得歸遲」，回去的時候，也是慢慢散步，看看路邊有些什麼花草。

「細數落花因坐久」的「坐」是坐著的意思。

杜牧《山行》：「遠上寒山石徑斜，白雲深處有人家。停車坐愛楓林晚，霜葉紅於二月花。」意思不是把車停下來，坐在車上欣賞楓林，而是說，停下車是因為喜歡滿山的這樣美的楓林，這裡的「坐」是因為的意思。

張九齡《感遇》：「蘭葉春葳蕤，桂華秋皎潔。欣欣此生意，自爾為佳節。誰知林棲者，聞風坐相悅。草木有本心，何求美人折！」山中隱士聞到蘭花、桂花的香氣，因此欣賞它們，便來折取。但是，蘭花、桂花的美是出自它們的本性，不是為了讓人來採擷才美的。這裡的「坐」也是因為的意思。

「緩尋芳草得歸遲」的「得」是入聲字。

書湖陰先生壁二首【其一】

王安石

茅簷長掃淨無苔，
花木成畦手自栽。
一水護田將綠繞，
兩山排闥送青來。

湖陰先生是王安石的一個朋友，叫楊德逢。這是一個不做官的隱居的人題在牆上的詩。

這詩後兩句寫得好，「一水護田將綠繞，兩山排闥送青來」，一個隱居在田野之間的高士，種了一片水田，這田前面是山，於是迎著他的門把山的青色送了進來。這是眼前的景物。

贈外孫

王安石

南山新長鳳凰雛，
眉目分明畫不如。
年小從他愛梨栗，
長成須讀五車書。

王安石贈詩給他的外孫說，你小時候喜歡吃零食，喜歡玩耍可以，你長大了要好好讀書。

「長成須讀五車書」的「車」念ㄐㄩ。

江上

王安石

江北秋陰一半開，
晚雲含雨卻低徊。
青山繚繞疑無路，
忽見千帆隱映來。

王安石晚年住在南方嘉興那邊。這首詩寫的也是即景，生動活潑。

「江北秋陰一半開」，長江北岸的陰雲已經散開了一半。

「晚雲含雨卻低徊」，可是還有很多濃雲徘徊在天上，好像還要下雨。

「青山繚繞疑無路」，前面都是青山，層層疊疊的，以為是沒有路了。

「忽見千帆隱映來」，忽然看到山邊，「千帆隱映來」，原來轉過山去水就是通的。

遊鍾山

王安石

終日看山不厭山，
買山終待老山間。
山花落盡山常在，
山水空流山自閑。

都是眼前的景物，體現的是一個人晚年以後一種修養的境界。

「終日看山不厭山」，辛棄疾《賀新郎》：「我見青山多嫵媚，料青山見我應如是。」李太白《獨坐敬亭山》：「相看兩不厭，只有敬亭山。」仁者樂山，智者樂水。只有山水大自然具有那種渾厚、永恆的精神氣象，所以很多人都很認同「相看兩不厭，只有敬亭山」。

「買山終待老山間」，想買座山，在山裡住，因為喜歡這座山。

「山花落盡山常在，山水空流山自閑」，山上的花有開落，流水有消逝，可是山永遠不動，山就在那裡。

這是寫眼前的山水，也是寫一個人晚年的心情、修養、境界。

松江

王安石

來時還似去時天，
欲道來時已惘然。
只有松江橋下水，
無情長送去來船。

王安石晚年住在嘉興附近，松江在上海的西南邊。王安石《封舒國公三首》【其二】說：「今日桐鄉誰愛我，當時我自愛桐鄉。」和這首詩的意思比較接近——我曾經來過，我現在走了，想說說從前到這裡時的樣子，卻已惘然。多少人來了又走，而松江的水一直在，人生就是如此，有變，有不變，以不變應萬變，萬變之中能夠持守自己的不變，這就是人生。

215　松江

泊船瓜洲

王安石

京口瓜洲一水間，
鍾山只隔數重山。
春風又綠江南岸，
明月何時照我還。

「瓜洲」是在長江北岸的一個地方，王安石晚年就住在這附近，因此說的都是江南景物。「春風又綠江南岸」這句詩很有名，傳說他曾經斟酌「春風又到江南岸」、「春風又過江南岸」，這兩句都說明春風已經到了或者過了，後來用了形象的字，「春風又綠江南岸」。

「鍾山只隔數重山」的「隔」是入聲字。

217 泊船瓜洲

飲湖上初晴後雨二首【其二】

蘇軾

水光瀲灩晴方好，
山色空濛雨亦奇。
欲把西湖比西子，
淡妝濃抹總相宜。

蘇軾（一〇三七—一一〇一），字子瞻，號東坡居士，宋代文學家、書法家。

「飲湖上初晴後雨」的「湖」指西湖。蘇東坡曾兩次到西湖。

蘇東坡的個人命運，可謂多舛。他少年高中，當時的主考官是歐陽修，非常欣賞他，宋仁宗也預備重用他，可是，有人跟仁宗說，少年應該稍加磨煉再擔任重要的職務，於是便沒有立即給他高官的職位。沒過兩年，他的妻子去世了（十年後，他寫下《江城子》悼念亡妻：十年生死兩茫茫，不思量，自難忘。）。對古人來說，妻子死了，雖然很悲哀，還依舊能在朝裡做官。但是，沒過多久，他的母親也去世了。古人以孝道治天下，父母之喪都是三年。所以，蘇東坡就回到他的故鄉，守制三年。三年後，他回到朝廷，還參加了朝廷的制科考試，成績很好。不料，很快他的父親又去世了，於是他又回家守制三年，等三年後他再度回到朝廷，仁宗、英宗都已去世，現在是神宗當朝，正在任用王安石進行變法。蘇東坡從老家四川進京，一路上經過很多地方，看到新法有不便於百姓之處，他不顧自己的得失，上書談論新法弊病，結果被迫出京外放，這是他第一次來到西湖。

十多年後，神宗去世，哲宗繼位，高太后聽政，重新起用舊黨，蘇東坡便被召還朝了。可是，他與舊黨論政也不和。他有一段話說得很好：「昔之君子，唯荊是師。今之君子，唯溫是隨。」（《與楊元素書》）這裡的「君子」指的不是品德高尚的人，而是在朝廷裡有地位的人。「荊」即王安石，王荊公；「溫」是司馬光，司馬溫公。他說，從前朝廷裡大家都逢迎王安石，現在都跟隨司馬光，我跟這兩個人的私誼都很好，但是我不盲目追隨他們。新政有好的，也有壞的，而舊黨上台以後對新黨一意排斥是不公平的，因為新黨也是有好有壞。於是他第二次又被外放到了杭州。

兩次到杭州，蘇東坡的作風是不一樣的。第一次到杭州，他做的是通判，很卑微的小官，不能真正有什麼作為。但第二次他做的是杭州的知州，給杭州做了很多事。最有名的，比如修建蘇堤，他疏浚了西湖的淤泥，然後把疏浚出來的泥築了長長的長堤，便利往來。還有一次，杭州發生了傳染病，他建立了病坊，實行隔離治療。蘇東坡真的是非常忠直，不苟合於朝政，並且真正是有所作為，即便晚年貶到海南，

到了儋耳，他一樣在那裡教育當地的士子。

蘇東坡一生仕宦挫折不斷。較為重大的一次是「烏臺詩案」。當時，他被關在御史臺的監獄，幾乎被處死。「詩案」的罪證之一是蘇東坡寫的一首詩《王復秀才所居雙檜二首》【其二】：「根到九泉無曲處，世間惟有蟄龍知。」意思是，檜木的根，一直長到地下的九泉也是直的，這種正直只有地下的龍才能知道。當時那些新黨裡的小人，想要置他死罪，在神宗面前把這句詩說成是大逆不道：皇帝是真龍天子在上，地下有什麼龍？就在他要被判死罪的時候，當時已經退休的王安石替他說了一句話：「安有聖世而殺才士者乎？」於是蘇東坡最後是被流放到了黃州。因此，一個人奮發勵志固然好，但遇到挫折患難時抱持什麼樣的態度也非常重要。

這首詩說得很好：「水光瀲灩晴方好，山色空濛雨亦奇。」有些人只喜歡晴天，有些人只喜歡雨天，可是蘇東坡說，晴天有晴天的好處，雨天也有雨天的好處。如果把西湖比作西施，西施淡妝也是美麗的，濃妝也是美麗的，因此西湖晴天是美麗的，雨天也是美麗的。對人生隨時抱持一種欣賞的態度，正因如此，蘇東坡才能在平生這麼多挫折中，保全自己。這是很能表現蘇東坡修養的一首詩。

蘇軾

惠崇《春江晚景》

【其一】

竹外桃花三兩枝，
春江水暖鴨先知。
蔞蒿滿地蘆芽短，
正是河豚欲上時。

惠崇是一個詩人，也是一個畫家。他畫了一幅《春江晚景》，這首詩是題畫詩。

「春江水暖鴨先知」的「鴨」是入聲字。詩歌的聲音、聲調是詩歌一半的生命，詩歌感發的力量跟聲音結合得很密切。

這首詩是描寫繪畫的。畫上有「竹外桃花三兩枝」，有春江，江上有幾隻鴨子。

「蔞蒿滿地蘆芽短，正是河豚欲上時」，蔞蒿是一種草本植物，很長，可以食用。蘆芽是水邊的植物，也可以食用。

蘇東坡很有修養，可是很愛吃，因此後世傳有「東坡肘子」、「東坡肉」。河豚是水裡的一種動物，身體中的一部分是有毒的，很多人烹飪的時候做不好，就會被毒死。宋人筆記曾記載蘇東坡「拼死吃河豚」的故事。

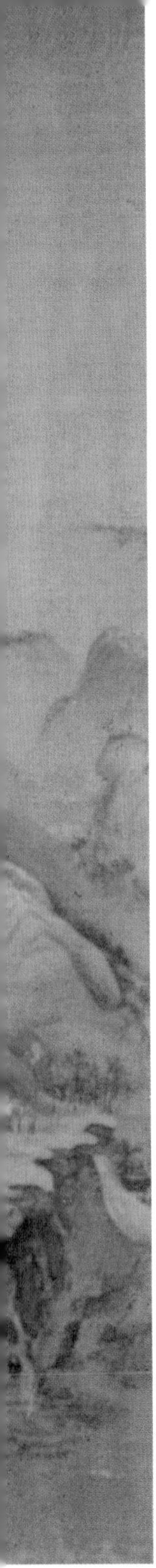

題西林壁

蘇軾

橫看成嶺側成峰，
遠近高低各不同。
不識廬山真面目，
只緣身在此山中。

廬山四面都是山，從這個角度看山是這樣的，從那個角度看山又是另一個樣子，距離的遠近、站立的高低不同，看出來的景色都不一樣，「不識廬山真面目」，因為沒有飄在空中俯瞰全景，「只緣身在此山中」。這是很有哲理的一首詩。

225　題西林壁

蘇軾

望湖樓晚景

橫風吹雨入樓斜，
壯觀應須好句誇。
雨過潮平江海碧，
電光時掣紫金蛇。

這是寫眼前景物，寫得很真切。

「壯觀應須好句誇」的「觀」在這裡是入聲。這個字有兩個讀音，作動詞時念ㄍㄨㄢ，作名詞時念去聲，「壯觀」是壯麗的風景，「觀」作名詞。

「橫風吹雨入樓斜」的「斜」押麻韻，念ㄒㄧㄚˊ。

「電光時掣紫金蛇」的「蛇」押麻韻，念ㄕㄚˊ。

李清照

夏日絕句

生當作人傑，
死亦為鬼雄。
至今思項羽，
不肯過江東。

李清照（一〇八四—一一五五），女，號易安居士，宋代詩人、詞人。

李清照是這本書裡唯一的女性作者。中國古代女作家流傳的詩詞很多，但出名的很少，李清照是其中比較有名的一個。李清照以詞著稱，這首絕句廣為流傳，則主要在於它的內容。

李清照是個爭強好勝的人。她喜歡與丈夫趙明誠打賭，看誰能背出書中史事，還拿自己和丈夫的詞一同去給朋友看，讓他們評判哪首最好。不過，李清照在詞的觀念上有一個成見，認為詩跟詞不一樣，詩可以寫豪放的感情，而唐五代的小詞都是寫的兒女之情，因此不贊成蘇東坡寫的「大江東去」（《念奴嬌・赤壁懷古》）那樣的詞。所以，她經過國破家亡的慘痛遭遇，卻沒有一首詞去正面寫這些，只有這首詩。

一個人活著的時候應該挺起腰板做人，死的時候也要站得直、有豪氣。詩人一直在思考，項羽是楚國人，帶著江東子弟起義，為什麼在被圍困的時候不肯過江東，最後自刎而死。詩人覺得，南宋王朝到了南方，一樣還是可以有所作為的，正如項羽當時應該逃回江東，以期東山再起。這是李清照有男子氣概的一首詩。

「生當作人傑」的「傑」是入聲字。

秋思三首【其一】

陸游

烏桕微丹菊漸開，
天高風送雁聲哀。
詩情也似並刀快，
剪得秋光入卷來。

陸游（一一二五—一二一〇），字務觀，號放翁，宋代文學家。

陸游是一位愛國的詩人。他是會稽人，在江南出生。他生下來的第二年就是靖康之難，北宋敗亡，所以他正是出生在北宋、南宋大變故的中間。陸游終生想收復北方的失地，可是，連辛棄疾這樣的英雄豪傑都沒有達成自己的願望，陸游當然也沒有達成自己的願望。他寫了許多豪放的詩篇。這首詩是其中之一。

這首詩蘊含了詩人平生的志意和感情。他說，秋天時，烏桕樹的葉子一紅，菊花就開了。秋天天高氣爽，天上有鴻雁，北雁南飛，這麼明媚的秋光，所以「詩情也似並刀快，剪得秋光入卷來」。

示兒

陸游

死去原知萬事空，
但悲不見九州同。
王師北定中原日，
家祭無忘告乃翁。

這是陸游有名的一首詩。他在臨死的時候寫遺囑給他的兒子，說希望王師能夠北定中原，收復失地，如果有那一天，我雖然在九泉之下，也希望你把這個美好的消息告訴我。

四時田園雜興

范成大

晝出耘田夜績麻，
村莊兒女各當家。
童孫未解供耕織，
也傍桑陰學種瓜。

范成大（一一二六—一一九三），字至能，一字幼元，早年自號此山居士，晚號石湖居士，宋代詩人。

南宋有幾個有名的詩人並稱：范成大、楊萬里、陸游。這幾位詩人，除了陸游頗有忠義之氣，范成大和楊萬里都是常寫一些眼前的景物，寫得很有風趣。

「晝出耘田夜績麻」的「出」、「童孫未解供耕織」的「織」、「也傍桑陰學種瓜」的「學」字都是入聲。這是寫田園兒女，每個人都有自己的工作，白天出去耘田，晚上搓麻繩。男人有男人的工作，女人有女人的工作。小孩子不懂得耘田、績麻，但是小孩子也要學習，於是「也傍桑陰學種瓜」，學最初步的工作。

楊萬里

春日六絕句

霧氣因山見，
波痕到岸消。
詩人元自懶，
物色故相撩。

楊萬里（一一二七—一二〇六），字廷秀，號誠齋，宋代詩人。

相傳楊萬里在中國的詩人中流傳的作品是最多的。他的特點是很善於捕捉眼前的景物。

這首詩就是在寫眼前的風景：之所以知道有霧，是因為有山，山前雲霧繚繞，而水的波浪到岸上就沒有了痕跡。詩人本不想作詩，可是山光水色，引誘著他作詩，景色撩動了他的詩情。

像這樣的詩沒有什麼深意可講，就是將眼前的景物寫得生動活潑，適合小孩子讀，所以本書選了很多首楊萬里的詩。

二月十一日夜夢作東都早春絕句

楊萬里

道是春來早，
如何未見春？
小桃三四點，
偏報有情人。

詩人二月十一日作夢，夢見東都的早春。他說，聽說春天很早就來了，可是這裡怎麼沒有看到春天？夢裡的東都，桃花正開了三四點。

道旁竹

楊萬里

竹竿穿竹籬，
卻與籬為柱。
大小且相依，
榮枯何足顧。

「竹竿穿竹籬」的兩個「竹」都是入聲字。但是第一個字的平仄不重要，因為它不是聲律的重點所在，因此，「竹竿」的「竹」可以念入聲，也可以念ㄓㄨˊ。第四個字是重要的，所以「竹籬」的「竹」要念入聲。

這首詩寫眼前的景物：有一個竹籬笆，竹竿從竹籬笆中長出來，反而支撐著竹籬笆。長出來的竹竿是活的，死了的變成竹籬，但竹竿也好，竹籬笆也好，要相依在一起，彼此合作。

宿新市徐公店【其一】

楊萬里

籬落疏疏一徑深，
樹頭新綠未成陰。
兒童急走追黃蝶，
飛入菜花無處尋。

楊萬里

雨後田間雜紀【其二】

田水高低各鬥鳴，
溪流奔放更歡聲。
小兒倒撚青梅朵，
獨立茅簷看客行。

這都是眼前景物，給小孩子讀很好，很有童趣，很天真。

楊萬里

舟過安仁【其三】

一葉漁船兩小童，
收篙停棹坐船中。
怪他無雨都張傘，
不是遮頭是使風。

安仁是一個縣的名字，位於現在的湖南省郴州市。這首詩寫得很妙，說兩個小孩子坐在船上，都把傘張開著，但其實並沒有下雨。原來他們張開傘是為了當船帆，傘就像船上的帆一樣。

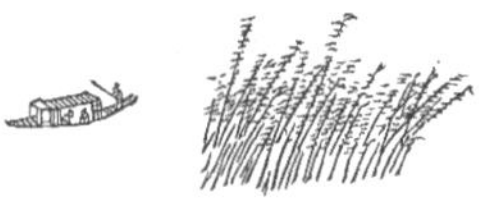

南溪弄水回望山園梅花

楊萬里

梅從山下過溪來，
近愛清溪遠愛梅。
溪水聲聲留我住，
梅花朵朵喚人回。

梅花從山下沿著岸邊過了溪水，到這邊來了。溪水是美麗的，梅花也是美麗的，所以「溪水聲聲留我住，梅花朵朵喚人回」。

曉出淨慈寺送林子方

楊萬里

畢竟西湖六月中，
風光不與四時同。
接天蓮葉無窮碧，
映日荷花別樣紅。

這都是眼前的景物。「映日荷花別樣紅」的「別」是入聲字。

241 曉出淨慈寺送林子方

小池

楊萬里

泉眼無聲惜細流，
樹陰照水愛晴柔。
小荷才露尖尖角，
早有蜻蜓立上頭。

小雨

楊萬里

雨來細細復疏疏，
縱不能多不肯無。
似妒詩人山入眼，
千峰故隔一簾珠。

「千峰故隔一簾珠」的「隔」是入聲字。

這首詩不是直接寫眼前的景物，寫得比較曲折，有情趣。詩人說，正下著小小的雨，這雨若不能下大一點，就乾脆停下來，可又不肯停，仿佛是嫉妒詩人看的山太美了，所以用雨絲織成一簾珠來遮擋千峰。

閒居初夏午睡起二絕句【其一】

楊萬里

梅子留酸軟齒牙，
芭蕉分綠與窗紗。
日長睡起無情思，
閑看兒童捉柳花。

「日長睡起無情思」的「思」念ㄙˋ，作名詞；作動詞時念ㄙ。

「閑看兒童捉柳花」的「捉」是入聲字。

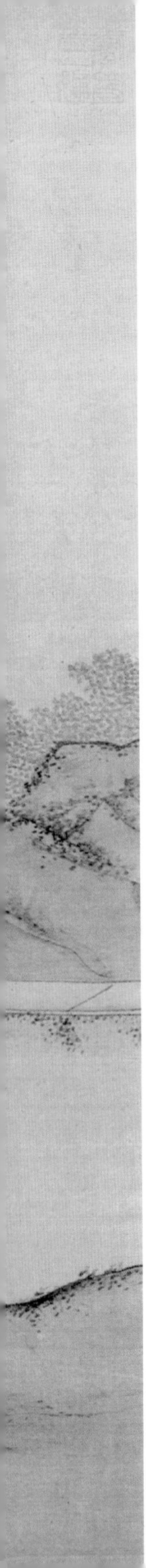

楊萬里

閒居初夏午睡起二絕句【其二】

松陰一架半弓苔，
偶欲看書又懶開。
戲掬清泉灑蕉葉，
兒童誤認雨聲來。

在松樹底下，因為有枝葉的遮攔，不常見太陽，下面有一片青苔。詩人捧著一把水往芭蕉葉上灑，小孩子們以為是下雨了。

「弓」是一個度量單位，在古代，有一種專門用來丈量土地的工具，叫做步弓，不是射箭的弓箭。五尺相當於一弓之地，半弓就是兩尺多。

「偶欲看書又懶開」的「看」念平聲，ㄎㄢ。

楊萬里

入常山界二首【其二】

昨日愁霖今喜晴，
好山夾路玉亭亭。
一峰忽被雲偷去，
留得崢嶸半截青。

常山在浙江。雖然楊萬里沒有李商隱那種很深的情意，但他有一種很敏銳的感覺跟聯想。昨天一直在下雨，讓人憂愁，今天晴天了，就很歡喜。忽然有一片白雲把山峰遮住了，就只剩下半截山的青色了。

「留得崢嶸半截青」的「截」是入聲字。

楊萬里

春暖郡圃散策三首【其三】

春禽處處講新聲，
細草欣欣賀嫩晴。
曲折遍穿花底路，
莫令一步作虛行。

「散策」，「散」是散步，「策」是一個竹杖，拄著一根竹杖去散步就叫散策。

「曲折遍穿花底路」的「折」是入聲字。

「莫令一步作虛行」的「令」有兩個讀音，作名詞時念ㄌㄧㄥˋ，命令；作動詞時念ㄌㄧㄥˊ。這裡念ㄌㄧㄥˊ，使……如何的意思。

二月一日曉渡太和江【其一】

楊萬里

綠楊接葉杏交花，
嫩水新生尚露沙。
過了春江偶回首，
隔江一片好人家。

「綠楊接葉杏交花」的「接」是入聲，但如果念成ㄐㄧㄝ也可以，因為它是第三個字，第三個字的平仄聲調不重要。

「過了春江偶回首」的「了」念ㄌㄧㄠˇ，不能念成白話的·ㄌㄜ。詩裡沒有輕聲的字，每個字都要讀清楚。

綠楊長得密密麻麻，一棵接著一棵，杏樹也栽得很密，相互交叉，都是杏花。水剛剛漲上沙灘，還沒有把沙都遮蓋。走遠一點，回頭再一看，看到的景色更美好。

萬安道中書事【其二】

楊萬里

攜家滿路踏春華，
兒女欣欣不憶家。
騎吏也忘行役苦，
一人人插一枝花。

楊萬里到各地旅遊，隨時見到景物，隨時就寫下來。

春天的景色這麼美，他帶著全家去遊春，路邊有騎著馬的官吏，他們本來有任務在身，可是在這麼美麗的春天的景色中，他們也忘了行役的勞苦，每個人折了一枝花插在頭上。

「騎吏也忘行役苦」的「騎」，作動詞念ㄑㄧˊ，作名詞念ㄐㄧˋ，「騎吏」是一個騎馬的官吏，所以這裡念ㄐㄧˋ。「忘」在這裡作動詞，念平聲，ㄨㄤˊ。「一人人插一枝花」的「插」是入聲字。

桂源鋪

楊萬里

萬山不許一溪奔，
攔得溪聲日夜喧。
到得前頭山腳盡，
堂堂溪水出前村。

溪水在山裡流得很曲折，它被許多重山給攔住了，因此發出很多聲響，不像直流的水那樣沒有聲音。這首詩在寫眼前景物的同時，也包含一點思致，比喻能夠從險阻之中脫離出來。

春日

朱熹

勝日尋芳泗水濱，
無邊光景一時新。
等閒識得東風面，
萬紫千紅總是春。

朱熹（一一三〇—一二〇〇），字元晦，又字仲晦，號晦庵，晚稱晦翁，世稱朱文公、朱子，宋代文學家、理學家。

觀書有感【其一】

朱熹

半畝方塘一鑒開，
天光雲影共徘徊。
問渠那得清如許，
為有源頭活水來。

這首詩有一點哲理在裡面，是說一個人要不斷地學習，才能不斷地進步，苟日新，日日新。

「為有源頭活水來」的「活」是入聲字。

林升

題臨安邸

山外青山樓外樓，
西湖歌舞幾時休？
暖風薰得遊人醉，
直把杭州作汴州。

林升（生卒年不詳），字雲友，又名夢屏，宋代詩人。

林升不是很有名的詩人，但他留下一首詩很有名。有很多詩人，他的詩因為有特別的情意就流傳了。北宋滅亡後，南宋建都在杭州，叫做臨安，當時岳飛也被讒害死去了，宋高宗也不想再北伐了，開始享受偏安一隅的繁華，於是林升便寫了一首詩來譏諷他們。

北宋沒有亡的時候，汴京每逢節日就歌舞不斷，現在北宋已經敗亡淪陷，南宋還是這樣，「直把杭州作汴州」。

遊園不值

葉紹翁

應憐屐齒印蒼苔，
小扣柴扉久不開。
春色滿園關不住，
一枝紅杏出牆來。

葉紹翁（生卒年不詳），字嗣宗，號靖逸，宋代詩人。

葉紹翁不是大家，就是偶然有一首小詩很有情趣。

本來是寫眼前的景色，後來也有人用「紅杏出牆」來比喻女子有外遇。

翁卷

鄉村四月

綠遍山原白滿川，
子規聲裡雨如煙。
鄉村四月閒人少，
才了蠶桑又插田。

翁卷（生卒年不詳），字續古，一字靈舒，宋代詩人。

這首詩寫鄉村四月的生活，寫得很生動。

「綠遍山原白滿川」的「白」、「才了蠶桑又插田」的「插」是入聲字。

江村晚眺

戴復古

江頭落日照平沙，
潮退漁船閣岸斜。
白鳥一雙臨水立，
見人驚起入蘆花。

戴復古（一一六七—一二四八），字式之，自號石屏、石屏樵隱，宋代詩人。

約客

趙師秀

黃梅時節家家雨，
青草池塘處處蛙。
有約不來過夜半，
閑敲棋子落燈花。

趙師秀（一一七〇—一二一九），字紫芝，號靈秀、靈芝、天樂，宋代詩人。

「黃梅時節家家雨」的「節」、「有約不來過夜半」的「約」是入聲字，「過」在這裡作動詞，念平聲，ㄍㄨㄛ，同「經過」的「過」；作名詞時念ㄍㄨㄛˋ，同「過錯」的「過」。

文天祥

過零丁洋

辛苦遭逢起一經，
干戈寥落四周星。
山河破碎風拋絮，
身世飄搖雨打萍。
惶恐灘頭說惶恐，
零丁洋裡歎零丁。
人生自古誰無死？
留取丹心照汗青。

文天祥（一二三六—一二八三），初名雲孫，字宋瑞，一字履善，自號文山，浮休道人，宋代詩人，民族英雄。

這首詩是詩以人傳。

「惶恐灘頭說惶恐」的「說」是入聲字。

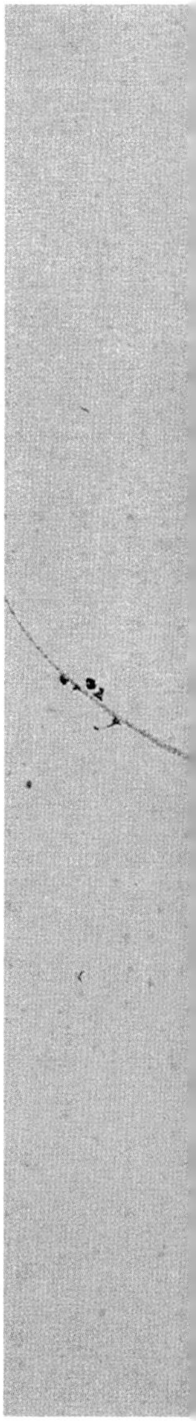

墨梅

王冕

吾家洗硯池頭樹，
朵朵花開淡墨痕。
不要人誇好顏色，
只留清氣滿乾坤。

王冕（一二八七—一三五九），字元章，號煮石山農、食中翁、梅花屋主，元代詩人、畫家。

這是偶然流傳的詩，寫詩人自己畫的沒骨花卉。詩人畫的花都是不染顏色的，所以不用別人誇顏色好，「只留清氣滿乾坤」。

張羽

詠蘭花

能白更兼黃，
無人亦自芳。
寸心原不大，
容得許多香。

張羽（約一三三三—一三八五），字來儀、附鳳，號靜居，元末明初詩人。

這首詩說的是，蘭花雖然花朵也不大，花心也不大，但它蘊含了這麼多芳香的氣味。這首詩是以詩的用意之好而流傳。

「能白更兼黃」的「白」是入聲字。

袁枚

十二月十五夜

沉沉更鼓急，
漸漸人聲絕。
吹燈窗更明，
月照一天雪。

袁枚（一七一六—一七九七），字子才，號簡齋，晚年自號倉山居士、隨園老人，清代詩人、散文家。

這首詩押的是入聲韻。寫的是眼前的景色：十二月十五日，夜已經很深了，人聲都斷絕了，把燈滅了，可是外面更亮了，因為月亮照在了積雪上。

「沉沉更鼓急」的「急」、「漸漸人聲絕」的「絕」是入聲字。

竹石

鄭燮

咬定青山不放鬆，
立根原在破岩中。
千磨萬擊還堅勁，
任爾東西南北風。

鄭燮（一六九三—一七六五），字克柔，號理庵、板橋，清代詩人、畫家。

這是一首題畫的詩，但有很好的用意，讚美高尚的品節。

己亥雜詩【其五】

龔自珍

浩蕩離愁白日斜，
吟鞭東指即天涯。
落紅不是無情物，
化作春泥更護花。

龔自珍（一七九二—一八四一），字璱人，號定庵，晚年又號羽琌山民，清代詩人。

龔自珍是清朝很有名的一位詩人，尤其是他寫的《己亥雜詩》，一共寫了三一五首，就在己亥那一年，都是七言絕句。這是其中的一首。

「落紅不是無情物，化作春泥更護花」，是說花落了，但是化作春泥還是要在花的根枝之處來保護花，用意很好。

「浩蕩離愁白日斜」的「白」是入聲字，「斜」押麻韻，念ㄒㄧㄚˊ。

龔自珍

己亥雜詩【其二百二十】

九州生氣恃風雷，
萬馬齊喑究可哀。
我勸天公重抖擻，
不拘一格降人才。

「萬馬齊喑究可哀」的「究」、「不拘一格降人才」的「格」是入聲字。

村居

高鼎

草長鶯飛二月天，
拂堤楊柳醉春煙。
兒童散學歸來早，
忙趁東風放紙鳶。

高鼎（生卒年不詳），本名高鼎勁，字象一、拙吾，清代詩人。

作者不是有名的大家，也是因為偶然的一首詩作而流傳後世。這首詩寫的是眼前的景色，講小孩子放學回來了。

「兒童散學歸來早」的「學」是入聲字。

給孩子的古詩詞

詞

導言

中國講詩、文、詞、曲，彷彿它們只是不同文類的分別，其實不完全一樣。

詩，《毛詩序》說：「詩者，志之所之也。發言為詩。情動於中，而行於言。」篆字的「詩」：訨，左邊是「言」字，右邊是「之」。「之」字下面是「心」，「之」加「心」是「志」字。「在心為志」「發言為詩」。

文，凡是記寫的文章都叫做文，有議論的文章、記事的文章、抒情的文章。文是有文才的意思，曹丕《典論．論文》說：「文章，經國之大業，不朽之盛事。」文可以有很多作用，很多形式。

有些人覺得詞也是一種文學體式，其實詞之所以叫做詞，跟詩、文的意思並不一樣。「詞」的出現，最早是從敦煌的曲子開始的，是給歌曲寫的曲子詞，所以「詞」本來是歌詞的意思，英文就是song word。在敦煌的曲子詞裡面，有很多後代沿用的詞調，其實是在絲路文化的傳播過程中，與外來的音樂交互影響而形成的歌曲。最早的敦煌曲子詞的作者大都是販夫走卒，做生意的人，他們按照當時的流行曲調填詞，因此有時敦煌曲子的歌詞並不是很文雅。但是歌曲流傳下來後，就有後世的文人給它填寫歌詞，於是在詞發展的早期，便出現了一些文人給流行歌曲填寫的歌詞。

白居易

憶江南

江南好，
風景舊曾諳。
日出江花紅勝火，
春來江水綠如藍。
能不憶江南？

這首白居易的《憶江南》，就是用了當時的「流行歌曲」《憶江南》音樂的調子，按照詩人習慣的寫作眼光和方法寫的，是詩人即景生情所寫的歌詞。

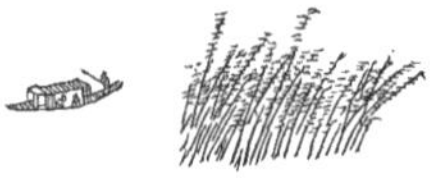

漁歌子

張志和

西塞山前白鷺飛，
桃花流水鱖魚肥。
青箬笠，綠蓑衣，
斜風細雨不須歸。

張志和（七三二—七七四），字子同，初名龜齡，號玄真子，唐代詩人、詞人。

這首《漁歌子》同樣如此，是很簡單的，詩人用流行的曲調，按照自己的習慣填寫的歌詞。

「西塞山前白鷺飛」的「白」是入聲字，但念ㄅㄞˊ字也可以，因為這是第五個字，它的聲調不是很重要。

溫庭筠

望江南

梳洗罷，
獨倚望江樓。
過盡千帆皆不是，
斜暉脈脈水悠悠。
腸斷白蘋洲。

溫庭筠（約八一二—約八六六），本名岐，字飛卿，唐代詞人。

白居易、張志和都是寫眼前的風景，溫庭筠的這首《望江南》卻是寫一種思婦的感情，這種感情是中國的舊傳統裡常見的，因此當時的流行歌曲裡也就有很多寫這一類感情的作品。比如李白的「長安一片月，萬戶擣衣聲」（《子夜吳歌》），「卻下水晶簾，玲瓏望秋月」（《玉階怨》）。這首詞，前人有評說認為，以景結情，更有遠韻。

相見歡

李煜

林花謝了春紅，太匆匆。
無奈朝來寒雨晚來風。
胭脂淚，相留醉，幾時重。
自是人生長恨水長東。

李煜（九三七—九七八），初名從嘉，字重光，號鍾隱、蓮峰居士，世稱南唐後主、李後主，南唐詞人。

某一種文體的興起與時代有著很密切的關係。杜甫之所以寫出那麼了不起的詩，是他以集大成的天才，生在了可以集大成的時代，那時，經過南北分裂，中國迎來了唐朝的大統一，這才有了杜甫詩歌的出現。因此，一種文體出現以後，有沒有一個能夠把這種文體使用得最好的天才出現，是非常重要的。詞本來是配合當時流行的音樂寫的歌詞，敦煌曲子是當時一些商人寫的曲子詞，有很多錯字、別字，非常粗淺。可是，這種本來很通俗的調子，遭遇了一個時代。王國維說「天以百凶成就一詞人」，意思是，上天用一百種不幸的命運，才成就了一個偉大的詞人。尤其是詞這個體式，有著幽微隱曲的特點。詩和詞的一個基本差別在於，詩是語言的節奏，詞是音樂的節奏。詩以文字的節奏為節奏，平平仄仄平平仄，仄仄平平仄仄平，而詞是以音樂為節奏，於是本來非常理性化的形式，就增加了很多婉曲的、長短不齊的變化。詞這種體式，從敦煌曲子流行起來以後，緊接著就是晚唐、五代，而這一亂世，便造就了幾個傑出的詞人，包括南唐的中主（李璟）、後主（李煜），以及馮正中（馮延巳），還有西蜀的韋莊。這些詞人以他們的不幸，使這種新的歌曲形式有了極大的發展，其中包容了很多詩中不能包容的情意。王國維說詞「能言詩之所不能言，而不能盡言詩之所能言」，詞裡面沒有像「歌行」這類篇幅非常長的作品，但詞所有的長短不齊的句式，造成了另一種特殊的美感。

李後主的這首《相見歡》，是他在亡國以後寫的。國破家亡成就了這樣一個詞人。這首詞的聲音跟感情、內容配合得非常好。

「林花謝了春紅」，詞本是一種俗曲的曲調，不用像《詩經》寫得那麼文雅，可以有口語化的表達。「謝了」兩個字，雖是白話，卻寫得如此悲哀、沉痛，表達了一種很直接的感情。什麼謝了？是春天最美好的季節中，最美麗的紅色的花朵謝了！

「太匆匆」，才看到花開，就看到花落，真是「太匆匆」。

「無奈朝來寒雨晚來風」，花落了，是因為它剛開放就要經受外面的風吹雨打。無論詩詞還是韻文，凡是「朝」「暮」對舉，都不是單指一方面，不是說早晨只有寒雨，晚上只有風，而是朝朝晚晚，雨雨風風。

「胭脂淚，相留醉，幾時重」，紅色的花朵上有雨點，像女人的胭脂臉上有淚痕，這麼美麗的帶雨的花，像含著眼淚在看你，你怎麼忍心不珍重這一刻的時間，不為它再喝一杯酒呢？今天若不為它喝一杯酒，明天就沒有這花了，而且從此以後宇宙間永遠沒有這花了，因為就算明年花再開，亦不是今年的花朵了。詞的上闋和下闋之間常常有一個停頓，這是音樂的節奏，一闋就是一個音樂的停止。從上闋到下闋，從「春紅」「寒雨」「晚來風」，到「胭脂淚」，一下子從花的生命的短暫，過渡到人生的美好的短暫。

「自是人生長恨水長東」，最後接出這句話，而這一個長句不是李後主自由選擇的，是這個詞的調子，這個音樂，到了這裡就該是這麼長的句子。長句的節奏跟感情配合得非常好，由花到人，這麼短暫、美好的生命就消逝了。李後主雖然是亡國的君主，但確實是一個天才的詞人，感情的那種真摯、奔放、自然，真是不假雕飾，脫口而出。

李煜

相見歡

無言獨上西樓，月如鉤。
寂寞梧桐深院鎖清秋。
剪不斷，理還亂，是離愁。
別是一般滋味在心頭。

這首詞寫的是個人的一種離別的感情，也寫得很好。王國維評李後主的詞，說：「後主則儼有釋迦、基督擔荷人類罪惡之意。」他的意思不是說李後主是釋迦、基督。釋迦、基督擔荷的是人類的罪惡，耶穌死在十字架上，他的血洗盡了人間所有的罪惡，而李後主寫的是人間所有的無常的悲哀，短短的一首小詞，把這種悲哀全都寫了出來，這是李後主的了不起。本來詞只是給歌女唱的歌詞，遊戲筆墨，可是自從李後主付出國破家亡的代價，卻真正把詞擴大和提高了一個境界，寫出了人生的人類的共有的悲哀。

浪淘沙令

李煜

簾外雨潺潺，春意闌珊。
羅衾不耐五更寒。
夢裡不知身是客，
一晌貪歡。

獨自莫憑欄，無限江山，
別時容易見時難。
流水落花春去也，
天上人間。

這首詞是李後主亡國以後寫的。

「簾外雨潺潺，春意闌珊。羅衾不耐五更寒。夢裡不知身是客，一晌貪歡。」李後主此時已經被俘虜了，從南方去了北地，可是他在夢中忘記了他已亡國，夢中還是過去的繁華歌舞。

「獨自莫憑欄，無限江山，別時容易見時難。流水落花春去也，天上人間。」他說，醒來以後真是不忍心靠在欄杆上看，青山綠水，無限的江山，當年曾經是他的天下。而如今，他的一切美好的生活、他的國家，都像流水落花一樣遠去了。「天上人間」四個字很奇怪。沒有動詞，就是一個天上，一個人間，兩個都是名詞，是什麼意思呢？俞平伯曾舉出幾種可能的解釋，一個解釋是，從前是天上，現在是人間，形成一種對比；另一個解釋說，是想表達一種呼天搶地的悲哀——天啊！人啊！李後主這四個字的好處就在於沒有理性的說明，而是一種自然的哀感噴湧而出。

虞美人

李煜

春花秋月何時了？
往事知多少。
小樓昨夜又東風，
故國不堪回首月明中。
雕欄玉砌應猶在，
只是朱顏改。
問君能有幾多愁？
恰似一江春水向東流。

「春花秋月何時了？往事知多少」，每個人每年都在這樣的輪迴中，年年的春花開，年年的秋月圓，你覺得明年還會有花開，明年還會有月圓，可是明年的花不是今年的花了，明年的月也不是今年的月了，就在年年的花開月圓之間，生命消逝了，多少的歡樂都消逝了。「春花秋月何時了」是永恆，「往事知多少」是無常。一句永恆，一句無常。

「小樓昨夜又東風，故國不堪回首月明中」，小樓外邊，昨天晚上春風又來了。這是永恆。可是，故國永遠不會再來。這是無常。而且處處照應著「春花秋月」，「小樓昨夜又東風」是春花，「故國不堪回首月明中」是秋月。

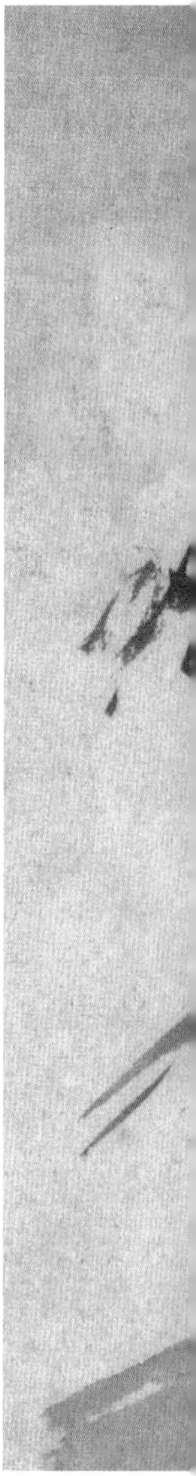

「雕欄玉砌應猶在，只是朱顏改」，當年在南方，李後主的宮廷之中，有那麼美的雕刻的玉石欄杆和台階，如今他已經離開了，成為了俘虜，那些沒有生命的、無情的石頭不會改變，只是他再也不是當年的李後主了。「雕欄玉砌應猶在」是永恆，「只是朱顏改」是無常。

「問君能有幾多愁？」面對這麼多盛衰人生的無常，有幾多愁？

「恰似一江春水向東流」，在人生一往不返的行進之中，還有一個節奏。詞、詩都是有節奏的，念對了節奏，就能把感情帶出來。

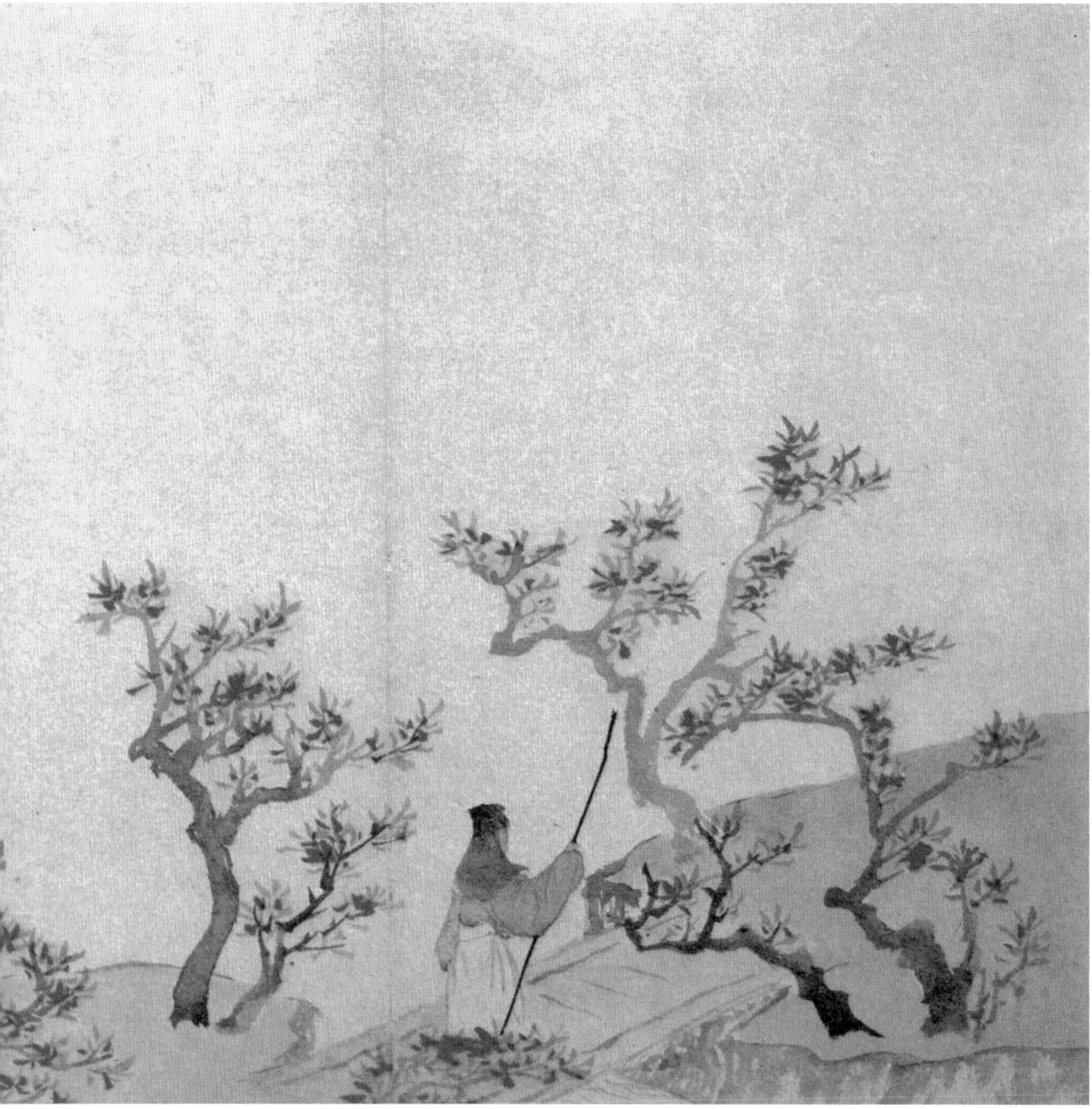

浣溪沙

晏殊

一曲新詞酒一杯，
去年天氣舊亭台。
夕陽西下幾時回？
無可奈何花落去，
似曾相識燕歸來。
小園香徑獨徘徊。

晏殊（九九一——一〇五五），字同叔，世稱晏元獻，宋代詞人。

一個人的情思、修養，以及對於人生的體悟的不同，都反映在他的作品裡。李後主是一個純情的詩人，沒有反省，沒有節制，感情完全是如此真摯奔放的流露。他雖然也是一個國君，但實在不是當國君的材料。而晏殊十三歲時就以神童應試，在北宋仁宗時做到宰相，他也有很真摯的情感，但他對於政事的處理也同時有非常理性的節制和判斷。

「一曲新詞酒一杯」，對酒當歌，人生幾何？唱一曲歌詞，飲一杯酒。

「去年天氣舊亭台」，依舊是去年的春天，依舊是舊日的亭台。同樣是永恆和無常對應。

「夕陽西下幾時回？」眼前的一曲新詞，一杯酒，去年的天氣，舊日的亭台。可是已經不是去年的時光了。

「無可奈何花落去，似曾相識燕歸來」，李後主寫到無常，是「自是人生長恨水長東」，將永恆和無常的對比，最終都歸結到無常，而晏殊卻是在無常之中回到永恆。即使「無可奈何花落去」，但似曾相識的燕子飛回來了，年年有燕子回來不說，燕子還孵育了小燕子。這是人生，有一個循環，有一個歸來。這就不只是自己一個人的感情，而是對整個宇宙世界生命循環的一種體認。

「小園香徑獨徘徊」，詩人於是進入到沉思之中，對人生有了一種體會與反省，與李後主的「自是人生長恨水長東」便不同了。

晏殊

浣溪沙

一向年光有限身。
等閒離別易銷魂。
酒筵歌席莫辭頻。

滿目山河空念遠，
落花風雨更傷春。
不如憐取眼前人。

若能把詞的味道讀出來，就可以明顯感受得到晏殊和李後主的用情，即一個人如何投注和控制自己的感情，是不一樣的。

「一向年光有限身」，「一向」在詞曲裡有兩個意思，有時是長久的意思，有時是短暫的意思。這裡是短暫的意思，每一年美好的春光是很短暫的，生命也是短暫的。

「等閒離別易銷魂」，本來生命就無常，年光不停留，生命也不停留，而在這短暫的人生中，還有種種聚散離別的遭遇和悲哀。

「酒筵歌席莫辭頻」，於是，只能希望常常在酒筵歌席之中，用聽歌、喝酒來排遣無限的悲哀。

「滿目山河空念遠，落花風雨更傷春，不如憐取眼前人」，但是，無常和離別是每個人都需面對的。每個人的生命都無常，每個人都有聚散離別。看那遙山遠水，便想到山那一邊、水那一岸所懷念的人，看這風雨，把花摧殘得落滿一地，可這是晏殊，最終沒有「人生長恨水長東」，而是「不如憐取眼前人」。空空的念遠，白白的傷春，遠人也不會因此回來，春光也不會因此停留，不如把握現在，掌握眼前，好好地對待現在的朋友，享受現在的春光。

玉樓春

歐陽修

尊前擬把歸期說，
未語春容先慘咽。
人生自是有情癡，
此恨不關風與月。
離歌且莫翻新闋，
一曲能教腸寸結。
直須看盡洛城花，
始共春風容易別。

「尊前擬把歸期說，未語春容先慘咽」，詩人都是多情的，都有悲哀和傷感，就看你怎樣去面對這悲哀和傷感了。和一個人相遇、相見、相知了，如今卻要別離了，舉起酒杯，一想到要說明天就走，悲哀便湧了上來。

「人生自是有情癡，此恨不關風與月」，每個人的人生都有情，有情就不能避免生離死別的痛苦，並非是春風、秋月讓人悲哀。

「離歌且莫翻新闋，一曲能教腸寸結」，離別時要唱離別的歌，可每次聽到這樣的曲子，就感到很悲哀，因此不要再唱了。

「直須看盡洛城花，始共春風容易別」，

別說走了永遠不見這樣的話，現在洛陽開著這麼美好的花，不要辜負這一番遇合，應該掌握眼前，把該看的花都看了，該享受的都享受了，那時再與春風說再見，即便離別也沒有遺憾了。

「尊前擬把歸期說」的「說」是入聲字。

浪淘沙令

歐陽修

把酒祝東風。且共從容。
垂楊紫陌洛城東。
總是當時攜手處，游遍芳叢。

聚散苦匆匆。此恨無窮。
今年花勝去年紅。
可惜明年花更好，知與誰同。

「浪淘沙令」不是詞的題目，是詞曲的牌調，即曲調的名字。

我希望春天能多留一刻，多享受一會兒。今天有一個歡樂的聚會，在洛陽城的東邊，就是當年我們常常攜手遊春的地方。你離開後不知道什麼時候才回來，這麼美好的地方、美好的人，相信明年的花一定開得更好，可那時我的朋友是否在身邊呢？

歐陽修

採桑子 十首【其二】

輕舟短棹西湖好，
綠水逶迤，芳草長堤，
隱隱笙歌處處隨。

無風水面琉璃滑，
不覺船移，微動漣漪，
驚起沙禽掠岸飛。

一個人的人生，不幸、痛苦、生離死別，都是有的，而以什麼樣的心態去面對這些，會影響整個人生。

歐陽修一共寫了十首《採桑子》調子的詞，每首的第一句都是說「西湖好」，這個西湖不是杭州的西湖，而是安徽潁州的西湖。歐陽修當年曾在潁州做過官，他喜歡潁州西湖這個地方，多年以後，他罷官又回到潁州，寫下這十首《採桑子》的詞，把潁州的西湖寫得非常美，盛衰今夕，人生的變化感慨也寫得很好。這組詞前面本來有一個序言，歐陽修說，這些詞都是歌筵酒席之間歌女唱的歌詞，我不會唱歌，不會跳舞，就寫點歌詞吧。

他真的是沉醉在了潁州西湖的美麗之中，

把眼前的景物寫得非常生動、真切，有感受，有情感。

划著一隻小船，拿著一支小槳，在綿延不斷的流水中，岸邊長滿了青青的芳草。潁州的百姓春天時都到西湖來，因此隱隱約約到處都是笙歌的聲音，歌聲相伴。沒有風的時候，西湖一平如鏡，像琉璃一樣，船行在上面都不會察覺，因為水那麼平靜，只起一點小小的波紋。而船來的時候，水邊沙灘上的鷗鳥便被驚飛。

「無風水面琉璃滑」的「滑」是入聲字。

採桑子 十首【其四】

歐陽修

畫船載酒西湖好，
急管繁弦，玉盞催傳，
穩泛平波任醉眠。

行雲卻在行舟下，
空水澄鮮，俯仰留連，
疑是湖中別有天。

這首詞表達的全是詩人的感情、感受，而能用這麼美好、恰當的語言寫出來。他坐著畫船，帶著酒漿去遊西湖，伴隨著音樂，一杯一杯喝酒，沒有滔滔滾滾的激流，湖水很平靜，喝醉了就在船上睡一覺。天上的白雲就在船底，天上是藍天白雲，水裡也是藍天白雲，因此無論向天上看還是向水裡看，都值得留連，彷彿湖裡也有一片天空似的。

「疑是湖中別有天」的「別」是入聲字。

歐陽修

採桑子 十首【其五】

何人解賞西湖好，
佳景無時，飛蓋相追，
貪向花間醉玉卮。
誰知閑憑欄杆處，
芳草斜暉，水遠煙微，
一點滄洲白鷺飛。

什麼人能欣賞西湖的好？西湖美好的景色隨時在變化，有人坐車去追尋，醉酒花間。偶然靠在欄杆邊，往遠處一看，芳草岸邊，落日斜暉，一片湖水的遠處有隱約的煙靄，一隻白色的鷺鷥飛了過去。眼前的景物寫得非常生動。

「誰知閑憑欄杆處」的「憑」有平仄兩種讀音，這裡是仄聲，念ㄅㄧㄥˋ。

歐陽修

採桑子 十首【其六】

清明上巳西湖好，
滿目繁華，爭道誰家，
綠柳朱輪走鈿車。

遊人日暮相將去，
醒醉喧嘩，路轉堤斜，
直到城頭總是花。

古人用干支記日，上巳是陰曆三月上旬的巳日，是一年的第一個巳日。清明上巳，正是好季節，到處綠葉紅花，仕女如雲，為了爭道，一輛漂亮的車搶先駛了過去。黃昏的時候，大家要回去了，喝得半醉，又歌唱又歡笑，隨著彎斜的堤岸一路走到城頭，沿途開滿了鮮花。

「綠柳朱輪走鈿車」的「車」押麻韻，念ㄔㄚ。

歐陽修

採桑子 十首【其七】

荷花開後西湖好，
載酒來時，不用旌旗，
前後紅幢綠蓋隨。
畫船撐入花深處，
香泛金卮，煙雨微微，
一片笙歌醉裡歸。

夏天的荷花開後，帶著酒來遊湖。旌旗是人們出行的一種儀仗裝飾，在西湖，不用旌旗，因為船前船後，荷花打著圓傘，荷葉撐著綠蓋，如同儀仗一般。幢是一種圓筒狀的旗幟，蓋是古代遮陽的傘蓋。「幢蓋」合言指一種儀仗，這都是寫美好的生活。

299 採桑子 十首【其七】

定風波

蘇軾

莫聽穿林打葉聲，
何妨吟嘯且徐行。
竹杖芒鞋輕勝馬，誰怕？
一蓑煙雨任平生。
料峭春風吹酒醒，微冷，
山頭斜照卻相迎。
回首向來蕭瑟處，歸去，
也無風雨也無晴。

蘇東坡有一種特別好的修養，所以平生經過多少挫折、打擊，貶過官，下過獄，他都能夠安然渡過。

「莫聽穿林打葉聲，何妨吟嘯且徐行」，雨很大，打在葉子上嘩嘩響，不要聽那個風雨的聲音，不是雨點嚇人，而是自己在嚇唬自己，儘管雨很大，何妨一邊唱歌一邊吟詩，慢慢地走。有人看見雨來了，就心驚慌忙地東奔西跑，其實就算跑，衣服也已經打濕了。

「竹杖芒鞋輕勝馬，誰怕？一蓑煙雨任平生」，因為我是久已經過風吹雨打的人，不再害怕這些。

「料峭春風吹酒醒，微冷，山頭斜照卻相

迎。回首向來蕭瑟處，歸去，也無風雨也無晴」，「料峭」是寫春風寒厲的樣子，吹到人的臉上還是冷冷的。料峭的春風把我的酒吹醒，我覺得有點冷了，但是回頭一看，雨已經過了，山上的太陽已經出來了。我走過那些風吹雨打的路程，安然地回去，因為在我的心中，也無風雨也無晴。

「莫聽穿林打葉聲」的「聽」在這裡念仄聲，ㄊㄧㄥˋ。

蘇軾

水調歌頭

丙辰中秋，歡飲達旦，大醉，作此篇，兼懷子由。

明月幾時有？
把酒問青天。
不知天上宮闕，
今夕是何年。
我欲乘風歸去，
又恐瓊樓玉宇，
高處不勝寒。

起舞弄清影，
何似在人間？
轉朱閣，低綺戶，
照無眠。
不應有恨，
何事長向別時圓？
人有悲歡離合，

月有陰晴圓缺，
此事古難全。
但願人長久，
千里共嬋娟。

蘇軾、蘇轍兄弟感情很好，這是蘇軾寫給他弟弟的很有名的一首詞。

「我欲乘風歸去」的「乘」念平聲，ㄔㄥˊ。

「高處不勝寒」的「勝」念平聲，ㄕㄥ。

「人有悲歡離合」的「合」、「月有陰晴圓缺」的「缺」都是入聲字。

浣溪沙

秦觀

漠漠輕寒上小樓。
曉陰無賴似窮秋。
淡煙流水畫屏幽。

自在飛花輕似夢，
無邊絲雨細如愁。
寶簾閑掛小銀鉤。

秦觀（一〇四九—一一〇〇），字太虛、少游，別號邗溝居士、淮海居士，世稱淮海先生，宋代詞人。

本書只選了秦少游一首詞，因為秦少游寫的詞比較悲觀，不適合小孩子誦讀。其實客觀地講，秦少游的詞是寫得很好的。馮煦《宋六十一家詞選例言》評說秦觀的詞「他人之詞，詞才也。少游，詞心也，得之於內，不可以傳。」意思是，其他人寫的詞是憑藉才學，而秦少游的詞是通過內心很微妙的一種感受寫出來的。

秦少游少年的時候就有遠大的志向，不只在文學上，而是希望在事功方面也有所成就。但是，北宋神宗時正逢新舊黨爭，秦少游在科舉仕宦方面都很不如意。一個人

在經歷憂患苦難的時候，用怎樣的心理去反應？蘇東坡多次遭遇貶謫，可他說「回首向來蕭瑟處，也無風雨也無晴」，能夠自己去擺脫。但秦少游無法擺脫，受到挫折後，就沉浸在痛苦之中。秦少游對於外在的景物有非常敏銳的感受，和李後主「林花謝了春紅，太匆匆」不同，他是「漠漠輕寒上小樓」。「漠漠」有廣大一片的意思，也有冷漠的意思。「漠漠輕寒」，不是嚴寒，是春天的寒冷。就是在這樣一個早春寒冷的天氣，上小樓。「曉陰無賴似窮秋」，「無賴」是無可奈何的意思，天陰了很久，雨也下不大，可天總是不晴。是一種詩意的感覺。

浣溪沙

周邦彥

樓上晴天碧四垂。
樓前芳草接天涯。
勸君莫上最高梯。

新筍已成堂下竹，
落花都上燕巢泥。
忍聽林表杜鵑啼。

周邦彥（一〇五六—一一二一），字美成，號清真居士，宋代詞人。

周邦彥是一個非常重要的作者，他是個音樂家，開拓出了長調這樣一種詞調體式，層次、轉折都寫得很好，可是長調的詞太複雜了，因此周邦彥的詞在這本書中只選了一首。柳永也是一個懂音樂的詞人，配合音樂的章法節奏，也寫了很多長調的詞，同樣的道理，只選他的一首《浣溪沙》。

這首詞寫暮春的景色寫得非常好，不只花落，落花都被燕子跟泥土和在一起，銜去做巢了，樓前芳草已經長了那麼廣遠的一片了。詞人說，不要走上最高梯，因為到了最高的樓梯，就會看到春天已經走了。而杜鵑鳥一叫，也就代表春天已經走了。

讀詩詞跟講話不一樣，詩詞是有格律的，要按照它的平仄聲來讀。詩詞這種韻文，它的音樂性是生命的一部分，如果讀得不對，感發的生命就減少了。

「樓前芳草接天涯」的「涯」字有三個讀音，詩韻裡可以押麻韻，念ㄧㄚˊ，可以押佳韻，念ㄞˊ，這裡押支韻，念ㄧˊ。

「樓前芳草接天涯」的「接」、「新筍已成堂下竹」的「竹」是入聲字。

如夢令

李清照

常記溪亭日暮，
沉醉不知歸路。
興盡晚回舟，
誤入藕花深處。
爭渡，爭渡，
驚起一灘鷗鷺。

很可惜，中國古代的女子「無才便是德」，很少有受教育的機會，即使受了教育，也是生長在閨房之中，不能出家門一步，自然缺乏廣闊的胸襟和眼界。女性寫的詩詞中最了不起的，其實不是李清照的詞，而是建安時代的蔡琰（蔡文姬）寫的《悲憤詩》。蔡琰身經東漢變亂，被匈奴俘虜去，在北方住了很多年，生了兩個兒子。因為她是蔡邕的女兒，蔡邕是曹操的好朋友，曹操當權，就把他好朋友的女兒從匈奴那裡接了回來。蔡琰離鄉背井，是她的悲哀，不得已生長在胡地，也是她的悲哀，可是她在胡地已經結婚生了兩個兒子，現在把她接回來，她要跟自己的骨肉生離死別，回來之後，家人已經全都不在了。而曹操給她又安排了一個新的非常不美滿的婚姻。蔡琰經歷了大戰亂，經歷了這樣生離死別的痛苦，她寫的詩，真正可以跟男子一爭短長，《悲憤詩》是建安時代的詩歌裡最了不起的詩篇。李清照雖然也身經變亂，但她認為詞只能寫園亭閨閣、兒女之情，沒有將變亂寫到詞裡去，因此這首詞寫的是女性的小情趣。

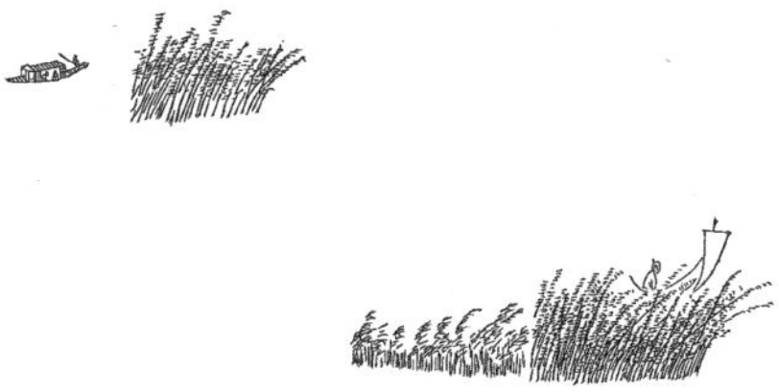

如夢令

李清照

昨夜雨疏風驟，
濃睡不消殘酒。
試問捲簾人，
卻道海棠依舊。
知否，知否？
應是綠肥紅瘦。

這就是一首寫小情趣的小詞，表達的是一種細微敏銳的感覺，一種淡淡的哀傷。

南歌子

李清照

天上星河轉，
人間簾幕垂。
涼生枕簟淚痕滋。
起解羅衣聊問夜何其。

翠貼蓮蓬小，
金銷藕葉稀。
舊時天氣舊時衣。
只有情懷不似舊家時。

這是李清照寫得非常好的一首詞。這首詞的妙處就在於，它表面也寫閨房之中的小情趣，但在這個看似狹窄的空間裡，流露出了一個時代的悲哀。

「天上星河轉，人間簾幕垂」，隨著四季的轉變，天上銀河的方向是不同的。北京有一句俗話說：「天河調角，要穿棉襖。」天河轉向，天氣就涼了，於是人間都掛起厚的帷幕來了。雖然是寫天上節候的變化，但其中隱藏了時代的變化。

「涼生枕簟淚痕滋」，「枕」是枕頭，「簟」是竹席，夏天床上鋪著竹席，面對冷寂而且空曠的竹席，淚就流了下來，因為天下已經改變。四時節候變化，對照的是作者自己生活的變化，有一種寄託在其中。

「起解羅衣聊問夜何其」，「夜何其」出自《詩經·小雅·庭燎》：「夜如何其？夜未央。」作者說，這麼寒冷，這麼孤獨，我換上衣服，面對長夜，不知到了幾更天了？什麼時候才天亮？「長夜漫漫何時旦」的意思。

「翠貼蓮蓬小，金銷藕葉稀。舊時天氣舊時衣，只有情懷不似舊家時」，翠，綠色。貼在水面上的是剛結的蓮蓬。秋風秋天使得萬物都凋殘了，荷葉也已經枯乾、稀少了。中國古代將金木水火土五行配合四時，秋天屬金，是一種肅殺的氣象。這句詞表面寫天氣、景物，但同時也是寫衣服。過去的衣服上有繡金線的，是用一根根細線把金線釘上去繡花，許多年過後，線磨損了，衣服上盤的花就脫落了。這季節的變化、荷花的凋零是作者年輕時曾見過的，自己身上穿的，也還是舊時的衣服，金線繡的花葉也磨損了。經歷了國破家亡的亂離，自己的心情早已不是從前的了。這首詞是慨歎盛衰巨變，但卻都用閨房的語氣寫成。這是李清照的一首好詞。

「起解羅衣聊問夜何其」的「其」念ㄐㄧ，是語助詞。

「翠貼蓮蓬小」的「貼」是入聲字。

岳飛

滿江紅

怒髮衝冠，
憑欄處、瀟瀟雨歇。
抬望眼，仰天長嘯，
壯懷激烈。
三十功名塵與土，
八千里路雲和月。
莫等閒、白了少年頭，
空悲切。

靖康恥，猶未雪；
臣子恨，何時滅？
駕長車、踏破賀蘭山缺。
壯志飢餐胡虜肉，
笑談渴飲匈奴血。
待從頭、收拾舊山河，
朝天闕。

317　滿江紅

岳飛（一一〇三—一一四二），字鵬舉，宋代詞人、民族英雄。

岳飛的這首詞非常有名，流傳眾口。其實關於這首詞是有爭論的，有說是岳飛作的，有說不是岳飛作的。但這裡不講這個爭論和考證，我們寧願相信就是岳飛作的。

「三十功名塵與土，八千里路雲和月」，據說這首詞是岳飛三十歲時所作。三十年來想建立的功名，而今一無所成。三十年來，他一直都在轉戰各地，披星戴月，然而功業並沒有完成。

「莫等閒、白了少年頭，空悲切」，「等閒」，隨便浪費光陰。一個人這一輩子，總應該完成一些事情。光陰是很容易消磨的，只要一放鬆，這一天時間就過去了。

「靖康恥，猶未雪；臣子恨，何時滅？」靖康是北宋最後一個皇帝宋欽宗的年號，靖康二年，北宋就滅亡了。北宋滅亡的國恥還沒有洗雪，作為一個臣子，有衛國保家的責任，但他卻不知何時才能完成。

「駕長車、踏破賀蘭山缺」，有人說這首詞並非岳飛所作，原因之一就在於，賀蘭山在甘肅、河套之西，南宋時屬西夏，並非金國地區。但其實不用這麼死板地去理解，賀蘭山可以泛指遙遠的邊疆，即一切外族侵略的邊患。

「壯志飢餐胡虜肉，笑談渴飲匈奴血。待從頭、收拾舊山河，朝天闕」，他要消滅敵人、收復失地。

「駕長車、踏破賀蘭山缺」的「車」，這

裡念ㄐㄩ。

「憑欄處、瀟瀟雨歇」的「歇」是入聲字。

整首詞都是押入聲韻。

陸游

卜算子・詠梅

驛外斷橋邊，寂寞開無主。
已是黃昏獨自愁，
更著風和雨。
無意苦爭春，一任群芳妒。
零落成泥碾作塵，
只有香如故。

這是陸游詠梅花的一首詞，讚美梅花的品節和操守。

「驛外斷橋邊」的「驛」是車站的意思，即古人休息的驛站。這是寫路邊無主的梅花，梅花開得比較早，等別的花都開了，梅花已經落了。它不是要與別的花爭春，就算它落了，被車輪碾過去了，被雨水打濕變成泥土了，它的香氣依舊沒有改變。

訴衷情

陸游

當年萬里覓封侯，
匹馬戍梁州。
關河夢斷何處，
塵暗舊貂裘。
胡未滅，鬢先秋，淚空流。
此生誰料，心在天山，
身老滄洲。

在這本書的前邊已經講過一首陸游的詩《示兒》，陸游才出生就遭遇了北宋的淪亡，所以他一生有一個追求的理想，就是收復失地。他中年時，曾被當時四川的宣撫使王炎召入府中。四川是當時南宋的最前線，翻過蜀地江山，就到陝西了。宣撫使的工作是宣傳安撫，招募投降、流竄的人。王炎是一個忠義奮發之人，和陸游是很好的朋友，便將這個文士招進了武將的幕府中。陸游真的有非常愛國、忠義的壯志，他老年時寫過一首詩《十一月四日風雨大作》：「僵臥孤村不自哀，尚思為國戍輪台。夜闌臥聽風吹雨，鐵馬冰河入夢來。」他說，我已經老了，僵臥在荒村，但心裡還想要保衛國家，到輪台去戍守，我聽到外面風雨大作，於是軍隊在冰河上馳騁的聲音，就來到了我的夢中。

「當年萬里覓封侯，匹馬戍梁州」，我當年也曾經萬里覓封侯，想建立邊功，也曾經騎著馬戍守在梁州。就是當時四川的前線。

「關河夢斷何處，塵暗舊貂裘」，我曾經戍守邊關，而如今關河夢斷，一事無成，舊日在邊關上穿的貂裘都已積滿塵土。

「胡未滅，鬢先秋，淚空流」，失地還沒有收復，而我的兩鬢已經斑白。

「此生誰料，心在天山，身老滄州」，和《示兒》詩中說的「王師北定中原日，家祭無忘告乃翁」是一樣的意思，陸游真是一個愛國的詩人。

鷓鴣天

辛棄疾

陌上柔桑破嫩芽，
東鄰蠶種已生些。
平岡細草鳴黃犢，
斜日寒林點暮鴉。

山遠近，路橫斜，
青旗沽酒有人家。
城中桃李愁風雨，
春在溪頭薺菜花。

辛棄疾（一一四〇—一二〇七），字幼安，號稼軒，宋代詞人。

辛棄疾是一個愛國的詞人。但是這本書所選的，並不是他的那些激昂慷慨、忠義奮發的詞，因為那樣的詞，小孩子可能不容易接受和瞭解。並且，辛棄疾不光有武功、戰略和雄心壯志，同時他也非常有詩意、有情趣，對於宇宙萬物都有所關懷，所以他的這些寫大自然的小詞也寫得很好。

「東鄰蠶種已生些」的「些」在這裡押麻韻，念ㄒㄧㄚ，「路橫斜」的「斜」念ㄒㄧㄚˊ。

辛棄疾

西江月

明月別枝驚鵲，
清風半夜鳴蟬。
稻花香裡說豐年，
聽取蛙聲一片。
七八個星天外，
兩三點雨山前。
舊時茅店社林邊，
路轉溪橋忽見。

辛棄疾寫激昂慷慨的長調寫得很好，寫這些短小的、即景生情的小令也寫得很好。

「稻花香裡說豐年」的「說」是入聲字。

辛棄疾

鷓鴣天・博山寺作

不向長安路上行。
卻教山寺厭逢迎。
味無味處求吾樂，
材不材間過此生。
寧作我，豈其卿。
人間走遍卻歸耕。
一松一竹真朋友，
山鳥山花好弟兄。

這是辛棄疾非常好的一首小詞，有的詞只是寫眼前的景物，可是這首詞，在眼前的景物裡有很深的悲慨。

辛棄疾二十歲離開他的故鄉山東到南方來，本以為以他的才略、武功，很快就可以建功立業，收復失地。然而，南宋的君臣，宋高宗、秦檜，全都沒有收復失地的志意，所以他在南宋三次被貶官。這樣一個英雄豪傑，被二十年、二十年地放廢不用。辛棄疾老年時將建造的新居取名「稼軒」，並以此自號。他曾為「稼軒」寫過〈新居上樑文〉：「拋梁東，坐看朝暾萬丈紅。直使便為江海客，也應憂國願年豐。」他說，縱使現在我被放廢，一事無成，但我種了滿地莊稼，仍然希望我們的國家有豐年。

「不向長安路上行，卻教山寺厭逢迎」，我沒有爭名奪利的心思，如今一直在山中來往，山中的小廟是我最常見的。

「味無味處求吾樂，材不材間過此生」，我的才幹沒有人欣賞，才能再大也沒有用。

「寧作我，豈其卿。人間走遍卻歸耕」，我只願做現在的我，不會是另外一個人。但是，我當年由北方投奔到南方，也曾在南宋很多地方做過事情，救過旱災，建過兵營，卻都因遭到嫉恨而沒有成功。我抱持著當年的志意，人間走遍，沒想到老年被放廢家居，到頭來還是要躬耕田園。

「一松一竹真朋友，山鳥山花好弟兄」，我現在的朋友是一松、一竹、山鳥、山花。凡是詩人，都應該對大自然有一種關愛、一種生命的共鳴。

「一松一竹真朋友」的「竹」是入聲字。

辛棄疾

清平樂・村居

茅簷低小，
溪上青青草。
醉裡吳音相媚好，
白髮誰家翁媼。

大兒鋤豆溪東，
中兒正織雞籠。
最喜小兒亡賴，
溪頭臥剝蓮蓬。

這是辛棄疾寫他的家居生活，講他的幾個兒子。

「白髮誰家翁媼」，「媼」是老年婦女。

「最喜小兒亡賴」的「亡」同「無」字，有的版本直接作「無」。

「中兒正織雞籠」的「織」是入聲字。

辛棄疾

西江月・遣興

醉裡且貪歡笑，
要愁那得工夫。
近來始覺古人書，
信著全無是處。

昨夜松邊醉倒，
問松我醉何如？
只疑松動要來扶，
以手推松曰去！

辛棄疾的小詞也很富於想像力，但與楊萬里的詩詞迥然不同。楊萬里寫眼前的景物情趣，都很單純、短淺。辛棄疾寫眼前的景物，其中則蘊含了很深的悲哀和感慨。這首詞寫醉態寫得很好，他喝醉酒，風一吹，松樹一動，他以為松樹是要來扶他，以手推松曰：「去！」

「要愁那得工夫」的「得」是入聲字。

辛棄疾

西江月

（示兒曹，以家事付之）

萬事雲煙忽過，
百年蒲柳先衰。
而今何事最相宜？
宜醉宜遊宜睡。

早趁催科了納，
更量出入收支。
乃翁依舊管些兒，
管竹管山管水。

這首詞說的是，人老了，希望能夠把事情都交給年輕人去做，年輕人應該接上來了。

醜奴兒

辛棄疾

少年不識愁滋味，
愛上層樓。
愛上層樓，
為賦新詞強說愁。
而今識盡愁滋味，
欲說還休。
欲說還休，
卻道天涼好個秋。

這首詞寫得很好，詞中間含有很深曲的意思。

「為賦新詞強說愁」的「強」念ㄑㄧㄤˇ，是「勉強」的意思，不是「堅強」的意思。

生查子

辛棄疾

悠悠萬事功，
矻矻當年苦。
魚自入深淵，
人自居平土。
紅日又西沉，
白浪長東去。
不是望金山，
我自思量禹。

「悠悠萬事功，矻矻當年苦」，「矻矻」是努力勞動的樣子。他登高看見長江流水，想到夏禹當年治水的勞苦。

「魚自入深淵，人自居平土」，當年夏禹治水，三過家門而不入，人們這才有了安居的陸地。

「紅日又西沉，白浪長東去。不是望金山，我自思量禹」，登上高處，遙望長江，不是為了看長江那邊的金山，而是在懷念夏禹，思考人這一輩子在世上應當做些什麼。

「生查子」的「查」，念ㄔㄚˊ，也有的人念ㄓㄚ。

辛棄疾

南歌子

（新開池，戲作）

散髮披襟處，浮瓜沉李杯。
涓涓流水細侵階。
鑿個池兒，喚個月兒來。
畫棟頻搖動，紅蕖盡倒開。
鬥匀紅粉照香腮。
有個人人，把做鏡兒猜。

辛棄疾的想像力很豐富，他老年被廢棄不用，家居田園，自己建築居住的房子，開鑿了一個小池子。

「散髮披襟處，浮瓜沉李杯」，我不入官府，可以敞著衣服，披散著頭髮，在水池裡冷鎮一個西瓜，李子也一起放上。

「涓涓流水細侵階。鑿個池兒，喚個月兒來」，我要把流水引到我的階前，在這裡鑿個水池，還可以把天上的月亮也叫下來。

「畫棟頻搖動，紅蕖盡倒開」，紅蕖（荷花）都倒著開，其實是屋頂上畫的彩繪的荷花，在池子裡搖動。這是寫水池裡畫棟雕欄的倒影。

「鬥勻紅粉照香腮。有個人人，把做鏡兒猜」，辛棄疾當然有他的妻子，但是他也有一些侍女，其中有一個人就在水邊，將水池當作鏡子。這首詞完全是即景的遊戲之作，但是寫得很有情趣。

「涓涓流水細侵階」的「階」有一個讀音，念ㄍㄞ。

辛棄疾

破陣子

（為陳同甫賦壯詞以寄之）

醉裡挑燈看劍，
夢回吹角連營。
八百里分麾下炙，
五十弦翻塞外聲。
沙場秋點兵。
馬作的盧飛快，
弓如霹靂弦驚。
了卻君王天下事，
贏得生前身後名。
可憐白髮生。

「破陣子」是一首詞的詞牌。陳同甫的名字是陳亮，也是一個英雄豪傑之士。因此辛棄疾寫了這首詞送給他，表達他們共同的豪情壯志。詞裡寫的不是真實發生過的事，而是對豪傑英雄情志的一種想像。

辛棄疾

清平樂

（獨宿博山王氏庵）

繞床饑鼠，
蝙蝠翻燈舞。
屋上松風吹急雨，
破紙窗間自語。

平生塞北江南，
歸來華髮蒼顏。
布被秋宵夢覺，
眼前萬里江山。

這首詞是辛棄疾老年在博山一個廢棄的庵院裡過夜寫的。

「繞床饑鼠，蝙蝠翻燈舞」，這是一個非常荒涼的地方，沒有人住，床下都是老鼠，點上油燈，就看到蝙蝠飛來飛去。

「屋上松風吹急雨，破紙窗間自語」，聽見紙窗被風雨吹打的聲音，我從床上起來，在空房子裡散步。

「平生塞北江南，歸來華髮蒼顏」，我從北方起義到江南，在江南各地方做過很多事情，現在已是滿頭白髮，滿臉皺紋。

「布被秋宵夢覺，眼前萬里江山」，在一條簡陋的薄布被裡睡著，半夜醒來，我眼前出現的都是那萬里江山。

辛棄疾

菩薩蠻（金陵賞心亭為葉丞相賦）

青山欲共高人語，
聯翩萬馬來無數。
煙雨卻低回，
望來終不來。
人言頭上髮，
總向愁中白。
拍手笑沙鷗，
一身都是愁。

人們說你是因為憂愁，頭髮就都白了。若真是這樣，我就要拍手笑沙鷗了，牠們渾身都是白色，莫非一身全是愁緒啊？是寫眼前景物充滿情趣的一首詞。

「總向愁中白」的「白」是入聲字。

霜天曉角

蔣捷

人影窗紗，
是誰來折花？
折則從他折去，
知折去、向誰家？

簷牙，枝最佳。
折時高折些。
說與折花人道：
須插向、鬢邊斜。

蔣捷（約一二四五—一三〇五），字勝欲，號竹山，宋代詞人。

蔣捷著有《竹山詞》一卷。這首詞很生動，有情趣，是說看見窗外有一個人影來折花，他隔著窗和這個沒有見面的折花人說話。「霜天曉角」是詞牌的名字。

「是誰來折花」的「折」是入聲字。

「折時高折些」的「些」押麻韻，念ㄒㄧㄚ。

「須插向、鬢邊斜」的「斜」字押麻韻，念ㄒㄧㄚ。

楊慎

臨江仙

滾滾長江東逝水，
浪花淘盡英雄。
是非成敗轉頭空。
青山依舊在，
幾度夕陽紅。
白髮漁樵江渚上，
慣看秋月春風。
一壺濁酒喜相逢。
古今多少事，
都付笑談中。

楊慎（一四八八—一五五九），字用修，號升庵，明代文學家。

楊慎博學多才，在明朝的詩人中，是一個很了不起的人。王國維寫過三篇說理論命的文章（〈論性〉〈釋理〉〈原命〉），〈原命〉中說：「命之有二義，其來已古，西洋哲學上亦有此二問題。其言禍福壽夭之有命者，謂之定命論（Fatalism）；其言善惡賢不肖之有命，而一切動作皆由前定者，謂之定業論（Determinism）。」「善惡賢不肖」「禍福壽夭」都是生來的，不是一個人自己能掌握的。楊慎生來就有多方面的才華，二十一歲參加科考，考試的卷子答得很好，本來要給他取第一名了，但是主考官在看的時候，燈花落了下來，把他的考卷燒了一塊——古時候沒有電燈，都是點油燈或蠟燭照明。楊慎的卷子因此不能送給皇帝了，便沒有考上。中國古代有不少類似的關於科考的傳聞，據說曾有一個考生在寫考卷時漏了一點，字寫得不完整了，而中國古代科考是非常嚴格的，不只要文章做得好，書法也要寫得好，結果主考官看卷時，一隻小螞蟻正好爬到那裡，把落的點補足了。

楊慎有才華，三年以後，二十四歲時再考，考中殿試第一名，也就是狀元，當時即授翰林院檢討，還做了翰林院的修撰。楊慎有才華，著作也多，有《楊升庵集》。但是，楊慎是一個非常正直的人，而明朝在中國歷史上是一個比較昏暗的時代，宦官專權。楊慎晚年被放逐到了滇南，他這一生，這樣一個有才華的人，經歷了鉤心鬥角的政海波瀾，看盡了世態炎涼，因而寫下這首有名的詞。這首詞曾被電視劇《三國演義》作為片頭曲的歌詞。「慣看秋月春風」的「看」念平聲，ㄎㄢ。

長相思

納蘭性德

山一程，
水一程，
身向榆關那畔行，
夜深千帳燈。

風一更，
雪一更，
聒碎鄉心夢不成，
故園無此聲。

納蘭性德（一六五五—一六八五），蒙古裔滿族，原名成德，字容若，號楞伽山人，清代詞人。

納蘭性德很年輕就死了，他的詞都是青少年之作，所以青少年的讀者都非常喜歡他的詞。他有很敏銳的感覺、很純真細膩的感情，可惜壽命太短，經歷的憂患不夠多，因此缺少深度。他唯一經歷的憂患是他的妻子很年輕就去世了，他的悼亡詞寫得都很好。

納蘭性德是我的本家，納蘭本是蒙古土默特的部族，住在葉赫水附近，所以稱葉赫納蘭，有翻譯成那拉的，但那拉這兩個字不太好看，也沒什麼意思，所以就改為納蘭。慈禧姓氏葉赫那拉，都是納蘭這一支蒙古族的。納蘭性德很聰明、很有才華，他的父親納蘭明珠在清朝初年官做得很高。當時，康熙皇帝看上了這個年輕人，讓他做侍衛。在皇帝邊上做侍衛真不是一件簡單的事，需要戒懼謹慎，注意一切言行。他也曾到塞外巡視，寫過一些描寫塞外風光的小詞，這就是其中的一首。

「山一程，水一程，身向榆關那畔行，夜深千帳燈。」因為是駐軍，住的是帳篷。

「風一更，雪一更，聒碎鄉心夢不成，故園無此聲。」納蘭性德生長在北京，認北京為故園，如果在蒙古，正是「風一更，雪一更」，蒙古常常颳大風雪。這首詞是寫眼前的景物，在邊塞懷念故鄉，跟古人的邊塞詩差不多。

「風一更，雪一更」的「更」念ㄍㄥ，也有念俗音ㄐㄧㄥ的。

葉嘉瑩作品集22

給孩子的古詩詞

講誦版

編著 葉嘉瑩
編輯 李濰美
校對 趙曼如、李昧
設計 許慈力
內文小圖 徐冰《芥子園山水卷》局部

企畫 網路與書股份有限公司
出版者 大塊文化出版股份有限公司
台北市105022南京東路四段25號11樓
www.locuspublishing.com
讀者服務專線：0800-006689
TEL(02) 87123898 FAX(02) 87123897
郵撥帳號 18955675 戶名：大塊文化出版股份有限公司
法律顧問 董安丹律師、顧慕堯律師
本書中文繁體版由
傳世活字（北京）文化有限公司授權出版

總經銷 大和書報圖書股份有限公司
地址 新北市24890新莊區五工五路二號
TEL(02) 89902588 FAX(02) 22901658

初版一刷 二〇一七年九月
初版二刷 二〇二一年四月
定價 新台幣五五〇元

Printed in Taiwan

給孩子的古詩詞 / 葉嘉瑩編著. -- 初版.
-- 臺北市：大塊文化, 2017.09
面； 公分. -- (葉嘉瑩作品集；22)
講誦版
ISBN 978-986-213-816-8

831 106011986